Translated Language Learning

Alice's Adventures in Wonderland

Aliceine Dogodivščine v čudežni Deželi

Lewis Carroll

English / Slovenščina

Down the Rabbit Hole
Navzdol po zajčji luknji

Alice was beginning to get very tired
Alice se je začela zelo utruditi
she was sitting by her sister on the grass bank
sedela je poleg sestre na travnatem bregu
but she had nothing to do
vendar ni imela ničesar opraviti
her sister was reading a book
njena sestra je brala knjigo
once or twice Alice peeped into the book
enkrat ali dvakrat je Alice pokukala v knjigo
but the book had no pictures or conversations in it
Toda v knjigi ni bilo slik ali pogovorov
"what use is a book without pictures?," thought Alice
»Kakšna korist ima knjiga brez slik?« je pomislila Alice
"why would a book have no conversations?"
"Zakaj knjiga ne bi imela pogovorov?"
but she had other things to consider

vendar je morala razmisliti o drugih stvareh
"making a chain of daisies would be a pleasure"
"Izdelava verige marjetic bi bila užitek"
"but is it worth the effort of getting up and picking the daisies??"
"Toda ali je vredno truda, da vstaneš in pobereš marjetice??"
this was not so easy to think about
O tem ni bilo tako enostavno razmišljati
because the day was making her feel sleepy and stupid
ker se je zaradi dneva počutila zaspano in neumno
but suddenly her thoughts were interrupted
toda nenadoma so bile njene misli prekinjene
a White Rabbit with pink eyes ran close by her
Beli zajec z rožnatimi očmi je tekel blizu nje

There was nothing overly remarkable about the rabbit
Pri zajcu ni bilo nič preveč izjemnega
and Alice did not think the rabbit remarkable either
in tudi Alice se zajcu ni zdel izjemen
nor did it surprise her when the Rabbit spoke

niti je ni presenetilo, ko je Zajec spregovoril
"Oh dear! I shall be too late!" he said to himself
»O dragi! Prepozno bom!« je rekel sam sebi
but then the Rabbit did something that rabbits didn't do
potem pa je zajec naredil nekaj, česar zajci niso storili
the Rabbit took a watch out of its waistcoat-pocket
Zajec je iz žepa telovnika vzel uro
he looked at the time and then hurried on
Pogledal je čas in nato pohitel naprej
Alice got to her feet, in amazement
Alice se je začudeno postavila na noge
she had never seen a rabbit with a waistcoat before!
še nikoli prej ni videla zajca z telovnikom!
nor had she ever seen a rabbit with a watch!
niti nikoli ni videla zajca z uro!
Alice was burning with a new curiosity
Alice je gorela od nove radovednosti
and she ran across the field after the Rabbit
in tekla je čez polje za Zajcem
she was just in time to see the rabbit disappear
bila je ravno pravočasno, da je videla, kako zajec izgine
the rabbit hopped down into a large rabbit-hole
zajec je skočil v veliko zajčjo luknjo
In another moment, down went Alice after the rabbit!
V drugem trenutku je Alice šla za zajcem!
The rabbit-hole went straight on like a tunnel
Zajčja luknja je šla naravnost kot predor
and the tunnel kept going for some distance
in predor je šel še nekaj časa
and then the path suddenly dipped down
in potem se je pot nenadoma spustila navzdol
Alice had not a moment to think about stopping herself
Alice ni imela niti trenutka, da bi pomislila, da bi se ustavila
she found herself falling down and down and down
Ugotovila je, da je padala navzdol in dol in navzdol
it seemed as if she had fallen down a very deep well
zdelo se je, kot da je padla v zelo globok vodnjak

Either the well was very deep, or she fell very slowly
Ali je bil vodnjak zelo globok ali pa je padla zelo počasi
because she had plenty of time to fall
ker je imela dovolj časa za padec
as she was falling she could look all around her
ko je padala, se je lahko ozirala okoli sebe
First, she tried to make out where she was going
Najprej je poskušala ugotoviti, kam gre
but the well was too dark to see anything
toda vodnjak je bil pretemen, da bi karkoli videl
then she looked at the sides of the well
nato je pogledala stranice vodnjaka
and she noticed that there were cupboards all around her
in opazila je, da so povsod okoli nje omare
and all around the well were book-shelves
in povsod okoli vodnjaka so bile police s knjigami
here and there she saw maps and pictures hung upon pegs
Tu in tam je videla zemljevide in slike, obešene na kljukicah
She took down a jar from one of the shelves as she passed
Ko je šla mimo, je z ene od polic vzela kozarec
the jar was labelled for its content
kozarec je bil označen zaradi svoje vsebine
"MARMALADE MADE FROM ORANGES"
"MARMELADA IZ POMARANČ"
**but, to her great disappointment, the marmalade jar was
empty**
toda na njeno veliko razočaranje je bil kozarec marmelade
prazen
she did not want to drop the empty marmalade jar
ni hotela spustiti praznega kozarca marmelade
and her fall was very slow
in njen padec je bil zelo počasen
**so she managed to put the marmalade jar into one of the
cupboards**
Tako ji je uspelo dati kozarec marmelade v eno od omaric
Down, down, down she fall!
Dol, dol, dol pade!

Would the fall ever come to an end?
Se bo padec kdaj končal?
There was nothing else to do
Ničesar drugega ni bilo mogoče storiti
so Alice soon began talking to herself
zato se je Alice kmalu začela pogovarjati sama s seboj
"Dinah will miss me very much tonight, I should think!"
"Mislim, da me bo Dinah nocoj zelo pogrešala!"
Dinah was Alice's cat
Dinah je bila Alicina mačka
"I hope they'll remember her saucer of milk at tea-time"
"Upam, da se bodo spomnili njenega krožnika z mlekom v času čaja"
"Dinah, my dear, I wish you were down here with me!"
"Dinah, draga moja, želim si, da bi bila tukaj z mano!"
Alice felt that she was dozing off
Alice je čutila, da zadrema
and then suddenly, thump! thump!
In potem nenadoma udarec! Udarec!
down she fell upon a heap of sticks
navzdol je padla na kup palic
and she landed on a pile of dry leaves
in pristala je na kupu suhega listja
and finally the long fall down the hole was over
in končno je bil dolg padec v luknjo končan
Alice was not a bit hurt
Alice ni bila niti malo poškodovana
and she jumped up within a moment
in v trenutku je skočila
She looked up, but it was all dark overhead
Pogledala je navzgor, vendar je bilo nad glavo vse temno
in front of her was another long corridor
Pred njo je bil še en dolg hodnik
and the White Rabbit was still in sight
in Beli zajec je bil še vedno na vidiku
he was hurrying down the corridor
hitel je po hodniku

There was not a moment to be lost
Ni bilo trenutka, ki bi ga bilo treba izgubiti
off ran Alice like the wind
Alice je tekla kot veter
around the corner turned the rabbit
Za vogalom se je obrnil zajec
she was just in time to hear the rabbit
bila je ravno pravočasno, da sliši zajca
""Oh, my ears and whiskers"
"Oh, moja ušesa in brki"
"how late it's getting!"
"Kako pozno je!"
She was close behind the rabbit
Bila je tik za zajcem
she turned around another corner
Obrnila se je za drug vogal
but the Rabbit was no longer to be seen
toda zajca ni bilo več mogoče videti
She found herself in a long, low hall
Znašla se je v dolgi, nizki dvorani
the hall was lit up by a row of ceiling lamps
Dvorana je bila osvetljena z vrsto stropnih svetilk
There were doors all around the hall
Vrata so bila povsod po hodniku
but all the doors were locked
Toda vsa vrata so bila zaklenjena
she walked all the way down one side of the hall
Sprehodila se je po eni strani hodnika
and she had walked all the way up the other side of the hall
in hodila je vso pot navzgor na drugo stran hodnika
she had tried every door
poskusila je vsa vrata
and she walked sadly down the middle of the hall
in žalostno je hodila po sredini hodnika
"how am I ever going to get out again?"
"Kako bom še kdaj prišel ven?"

Suddenly she came upon a little table
Nenadoma je prišla na majhno mizico
the table was made entirely of solid glass
miza je bila v celoti izdelana iz masivnega stekla
There was nothing on the table but a tiny golden key
Na mizi ni bilo ničesar drugega kot majhen zlati ključ
the key might belong to one of the doors!
Ključ bi lahko pripadal enim od vrat!
but, alas! some of the locks were too large for the keys
ampak, žal! Nekatere ključavnice so bile prevelike za ključe
and for the other locks the key was too small
za druge ključavnice pa je bil ključ premajhen
but, at any rate, the key opened none of the doors
toda v vsakem primeru ključ ni odprl nobenih vrat
but what was she to do?
Toda kaj naj stori?
she went through the hall again
Spet je šla skozi hodnik
and this time she noticed a low curtain

in tokrat je opazila nizko zaveso
behind the curtain was a little door
za zaveso so bila majhna vrata
the door was about fifteen inches high
vrata so bila visoka približno petnajst centimetrov
She tried the little golden key in the lock
Poskusila je z majhnim zlatim ključem v ključavnici
and to her great delight, the key fit in the lock!
in na njeno veliko veselje se je ključ prilegal ključavnici!
Alice opened the door
Alice je odprla vrata
and she found the door led into a small corridor
in našla je, da vrata vodijo v majhen hodnik
the corridor was not much larger than a rat-hole
hodnik ni bil veliko večji od podgane luknje
she knelt down and looked along the corridor
Pokleknila je in pogledala po hodniku
and she saw the loveliest garden you have ever seen
in videla je najlepši vrt, ki ste ga kdaj videli
how she longed to get out of that dark hall
kako je hrepenela po temni dvorani
how she wanted to wander among those bright flowers
Kako se je želela sprehajati med temi svetlimi cvetovi
how cool refreshing those fountains looked
Kako kul osvežujoče so bile te fontane
but she could not even get her head through the doorway
vendar ni mogla niti glave spraviti skozi vrata
"Oh," said Alice, mournfully
»Oh,« je žalostno rekla Alice
"how I wish I could fold up like a telescope!"
"Kako si želim, da bi se lahko zložil kot teleskop!"
"I think I could fold up like a telescope"
"Mislim, da bi se lahko zložil kot teleskop"
"if I only knew how to begin"
"če bi le vedel, kako začeti"
Alice went back to the table
Alice se je vrnila k mizi

there was the chance of finding another key
Obstajala je možnost, da bi našli drug ključ
or there might be a book of rules
ali pa morda obstaja knjiga pravil
the book could tell her how to fold up like a telescope
Knjiga bi ji lahko povedala, kako se zložiti kot teleskop
This time she found a little bottle
Tokrat je našla majhno steklenico
"this bottle certainly was not here before," said Alice
"Te steklenice zagotovo ni bilo tukaj prej," je dejala Alice
and tied around the neck of the bottle was a paper label
okoli vratu steklenice pa je bila privezana papirnata nalepka
the label was beautifully printed in large letters
Etiketa je bila lepo natisnjena z velikimi črkami
"DRINK ME"
"PIJ ME"
"No, I'll look first," she said
"Ne, najprej bom pogledala," je rekla
"I'll see whether the bottle is marked as poisonous or not,"
"Videl bom, ali je steklenica označena kot strupena ali ne,"
because she never forgot the lesson about poison
ker nikoli ni pozabila lekcije o strupu
"if a bottle is labelled poisonous, it's bound to disagree with you"
"Če je steklenica označena kot strupena, se zagotovo ne bo strinjala z vami"
However, this bottle was not marked as poisonous
Vendar ta steklenica ni bila označena kot strupena
so Alice ventured to taste the content of the bottle
zato si je Alice drznila okusiti vsebino steklenice
she found the liquid quite to her liking
Ugotovila je, da ji je tekočina povsem všeč
the drink had a sort of mixed flavour
pijača je imela nekakšen mešan okus
cherry-tart, custard, and pineapple
češnjeva torta, krema in ananas
roast turkey, toffee, and toast with hot butter

pečen puran, karamela in toast z vročim maslom
and she soon finished off the bottle
in kmalu je pojedla steklenico
"What a curious feeling!" said Alice
»Kakšen nenavaden občutek!« je rekla Alice
"I am folding up like a telescope!"
"Zložim se kot teleskop!"
And she was folding up like a telescope indeed!
In res se je zlagala kot teleskop!
She was now only ten inches high
Zdaj je bila visoka le deset centimetrov
and her face brightened up at her thoughts
in obraz se ji je razsvetlil ob mislih
now she was the the right size for the little door
Zdaj je bila prave velikosti za majhna vrata
now she could go into that lovely garden
Zdaj je lahko šla v ta čudovit vrt
soon she stopped getting smaller
kmalu se je prenehala zmanjševati
she decided on going into the garden at once
Odločila se je, da bo takoj šla na vrt
but, alas for poor Alice!
ampak, žal za ubogo Alice!
she got to the door
Prišla je do vrat
but she had forgotten the little golden key
vendar je pozabila majhen zlati ključ
she went back to the table for the key
Vrnila se je k mizi po ključ
but she found she could not reach high enough
vendar je ugotovila, da ne more doseči dovolj visoko
she could see the key quite plainly through the glass
Ključ je lahko jasno videla skozi steklo
she tried to climb up the legs of the table
Poskušala se je povzpeti po nogah mize
but the glass was far too slippery
Toda steklo je bilo preveč spolzko

eventually she tired herself out with trying
sčasoma se je utrudila od poskusov
and the poor little girl sat down and cried
in uboga deklica se je usedla in jokala
Alice spoke to herself rather sharply
Alice je precej ostro govorila sama s seboj
"Come, there's no use in crying like that!"
»Pridi, nima smisla tako jokati!«
"I advise you to stop right this minute!"
"Svetujem vam, da se takoj ustavite!"
She generally gave herself very good advice
Na splošno si je dala zelo dober nasvet
though she very seldom followed her own advice
čeprav je zelo redko sledila lastnim nasvetom
and she sometimes was too harsh on herself
in včasih je bila preveč stroga do sebe
and her words brought tears into her eyes
in njene besede so ji pripeljale solze v oči
Soon her eye fell upon a little glass box
Kmalu je njen pogled padel na majhno stekleno škatlo
the little glass box was lying under the table
Steklena škatla je ležala pod mizo
in the glass box was a very small cake
V stekleni škatli je bila zelo majhna torta
on the cake some words were beautifully written
Na torti je bilo nekaj besed lepo napisanih
the words had been marked in currants
besede so bile označene z ribezom
"EAT ME"
»JEZ ME«
"Well, I'll eat the cake," said Alice
»No, pojedla bom torto,« je rekla Alice
"and if the cake makes me grow larger, I can reach the key"
"In če me torta poveča, lahko dosežem ključ"
"and if the cake makes me grow smaller, I can creep under the door"
"In če me torta zmanjša, se lahko priplazim pod vrata"

"so either way I'll get into the garden"
"Torej bom v vsakem primeru prišel na vrt"
"and I don't care which of the two happens!"
"In vseeno mi je, kaj se bo zgodilo!"
She ate a little bit of the cake
Pojedla je malo torte
and she anxiously spoke to herself:
in zaskrbljeno je govorila sama sebi:
"Which way? Which way?"
"V katero smer? V katero smer?"
and she held her hand on her head
in držala je roko na glavi
she wanted to feel which way she was growing
želela je čutiti, v katero smer raste
she was quite surprised to find what had happened
Bila je precej presenečena, ko je ugotovila, kaj se je zgodilo
she had remained the same size!
ostala je enake velikosti!
so this time she doubled her efforts
zato je tokrat podvojila svoja prizadevanja
and soon she finished off the whole cake
in kmalu je dokončala celotno torto

The Pool of Tears
Bazen solz

"This is getting more and more interesting!" cried Alice
"To postaja vse bolj zanimivo!" je vzkliknila Alice
You can see she was very surprised
Vidite, da je bila zelo presenečena
"I'm opening out like the largest telescope there ever was!"
"Odpiram se kot največji teleskop, kar jih je kdaj bilo!"
"Good-bye, feet! Oh, my poor little feet"
»Zbogom, noge! Oh, moje uboge noge"
"I wonder who will put on your shoes for you now, dears?"
"Zanima me, kdo vam bo zdaj obul čevlje, dragi?"
"and I wonder who will put on your stockings?"
"In zanima me, kdo ti bo oblekel nogavice?"
"I shall be a great deal too far away"
"Bil bom veliko predaleč"
"I won't be able trouble myself about you anymore"
"Ne bom se več mogel ukvarjati s tabo"
Just at this moment her head struck against something
Ravno v tem trenutku je z glavo udarila v nekaj
she had reached the roof of the hall
Prišla je do strehe dvorane
in fact, she was now more than two meters tall
pravzaprav je bila zdaj visoka več kot dva metra
and she at once took up the little golden key
in takoj je vzela majhen zlati ključ
and she hurried off to the garden door
in pohitela je k vrtnim vratom
Poor Alice! There was not much she could do
Uboga Alice! Ni mogla veliko storiti
she laid down on one side
Ležala je na eni strani
and she looked through into the garden with one eye
in z enim očesom je pogledala skozi vrt
but to get through was more hopeless than ever
toda priti skozi je bilo bolj brezupno kot kdaj koli prej
She sat down and began to cry again

Sedla je in spet začela jokati
She went on shedding gallons of tears
Še naprej je točila litre solz
soon there was a large pool all around her
kmalu je bil okoli nje velik bazen
and the water reached half-way down the hall
in voda je segla do polovice hodnika
After a time, she heard a little pattering of feet
Čez nekaj časa je zaslišala rahlo potepanje z nogami
she heard the feet coming from the distance
slišala je noge, ki so prihajale od daleč
and she hastily dried her eyes to see what was coming
in na hitro si je obrisala oči, da bi videla, kaj prihaja
It was the White Rabbit returning
Vračal se je Beli zajec
he was splendidly dressed
Bil je čudovito oblečen
he had a pair of white gloves in one hand
V eni roki je imel par belih rokavic
and he had a large feather fan in the other hand
v drugi roki pa je imel velik pernati ventilator
He came trotting along in a great hurry
Prišel je v veliki naglici
and he muttered to himself, "Oh! the Duchess, the Duchess!"
in zamrmljal je sam sebi: »Oh! vojvodinja, vojvodinja!"
"Oh! won't she be savage if I've kept her waiting!"
»Oh! ali ne bo divja, če sem jo pustil čakati!"

When the Rabbit came near her, Alice spoke
Ko se ji je zajček približal, je Alice spregovorila
but she spoke in a low, timid voice
vendar je govorila s tihim, plašnim glasom
"sir, please stop what you're doing for one moment"
"Gospod, prosim, za trenutek prenehajte s tem, kar počnete"
The Rabbit startled violently
Zajec se je silovito prestrašil
he dropped the white gloves and the feather fan
Spustil je bele rokavice in pernato pahljačo
and he scurried away into the darkness as fast as he could
in odhitel je v temo, kolikor je hitro mogel
Alice picked up the feather fan and gloves
Alice je pobrala pernati ventilator in rokavice
and she kept fanning herself while she kept talking
in še naprej se je navijala, medtem ko je govorila
"Dear, dear! How strange everything is today!"
»Dragi, dragi! Kako čudno je vse danes!"
"yesterday things went on just as usual"

"Včeraj so se stvari nadaljevale kot običajno"
"Was I the same when I got up this morning?"
"Sem bil enak, ko sem zjutraj vstal?"
"But if I'm not the same, there is another question"
"Ampak, če nisem isti, obstaja še eno vprašanje"
"Who in the world am I?"
"Kdo sem na svetu?"
"Ah, that's the great puzzle!"
"Ah, to je velika uganka!"
As she said this, she looked down at her hands
Ko je to rekla, je pogledala navzdol v svoje roke
she was wearing one of the rabbits little white gloves
nosila je eno od zajčjih majhnih belih rokavic
she hadn't noticed she put the glove on while talking
ni opazila, da si je med pogovorom nadela rokavico
"How can I have done that?" she thought
"Kako sem lahko to storila?" je pomislila
"I must be growing small again"
"Spet moram postati majhen"
She got up and went to the table to measure her height
Vstala je in šla k mizi, da bi izmerila svojo višino
she found that she was now about half a meter tall
ugotovila je, da je zdaj visoka približno pol metra
and she was still shrinking rapidly
in še vedno se je hitro krčila
She soon found out what the cause of the shrinking was
Kmalu je ugotovila, kaj je vzrok krčenja
the feather fan was making her smaller again!
Oboževalec perja jo je spet zmanjšal!
and she dropped the feather fan hastily
In naglo je spustila pernato pahljačo
she dropped the feather fan just in time to save herself
Spustila je pernato ventilator ravno pravočasno, da se je rešila
**had she fanned herself any longer she would have shrunk
away entirely**
če bi se še naprej napihovala, bi se popolnoma skrčila
"That was a narrow escape!" said Alice

»To je bil las pobeg!« je rekla Alice
and she was a good deal frightened at the sudden change
in bila je precej prestrašena zaradi nenadne spremembe
but she was very glad to find herself still in existence
vendar je bila zelo vesela, da je še vedno obstajala
"And now, off to the garden!"
»In zdaj na vrt!«
And she ran with all speed back to the little door
In z vso hitrostjo je tekla nazaj do majhnih vrat
but, alas! the little door was shut again
ampak, žal! majhna vrata so bila spet zaprta
and the little golden key was lying on the glass table again
in mali zlati ključ je spet ležal na stekleni mizi
"Things are worse than ever," thought the poor child
»Stvari so slabše kot kdajkoli prej,« je pomislil ubogi otrok
"I never was so small as this before, never!"
"Nikoli prej nisem bil tako majhen, nikoli!"
As she said these words, her foot slipped
Ko je izgovorila te besede, ji je noga zdrsnila
and in another moment there was a great splash!
in v drugem trenutku se je slišal velik pljusk!
she was up to her chin in salt-water
Bila je do brade v slani vodi
Her first idea was that she had somehow fallen into the sea
Njena prva ideja je bila, da je nekako padla v morje
However, she soon realized what she was in
Vendar je kmalu spoznala, v čem je
she was in a pool of tears
Bila je v solzah
the tears she had wept when she was two meters tall
solze, ki jih je jokala, ko je bila visoka dva metra

Just then she heard something
Ravno takrat je nekaj zaslišala
something was splashing about in the pool
nekaj je pljuskalo v bazenu
the splashing came from a little way off
pljuskanje je prišlo od daleč stran
and she swam nearer to see what the splashing was
in priplavala je bližje, da bi videla, kaj je pljuskanje
she soon saw that it was only a little mouse
Kmalu je videla, da je to le majhna miška
the little mouse had slipped in to the water too
Tudi miška je zdrsnila v vodo
Alice thought to herself about the situation
Alice je razmišljala o situaciji
"Would it be of any use to speak to this mouse?"
"Ali bi bilo koristno, če bi se pogovarjali s to mišjo?"
"Everything is so up-side-down down here"
"Tukaj je vse na glavo"
"I should think very likely this mouse can talk"

"Mislim, da zelo verjetno ta miška lahko govori"
"at any rate, there's no harm in trying"
"V vsakem primeru ni nič slabega, če poskušamo"
So she began trying to talk to the mouse
Zato se je začela poskušati pogovarjati z miško
"Oh Mouse, do you know the way out of this pool?"
"Oh, miška, ali veš pot iz tega bazena?"
"I am very tired of swimming about here, Oh Mouse!"
"Zelo sem utrujen od plavanja tukaj, o miš!"
The mouse looked at her rather inquisitively
Miška jo je precej radovedno pogledala
the mouse seemed to wink with one of its little eyes
Zdelo se je, da je miška pomežikala z enim od svojih majhnih oči
but the little mouse said nothing
toda mala miška ni rekla ničesar
"Perhaps the mouse doesn't understand English," thought Alice
"Morda miška ne razume angleško," je pomislila Alice
"I dare say it's a French mouse"
"Upam si reči, da je to francoska miška"
"perhaps this mouse came over with William the Conqueror"
"morda je ta miška prišla z Viljemom Osvajalcem"
So she began again, in French
Tako je začela znova, v francoščini
"Where is my cat?" she asked in French
"Kje je moja mačka?" je vprašala v francoščini
it was the first sentence in her French lesson-book
to je bil prvi stavek v njenem učnem dnevniku francoščine
The Mouse gave a sudden leap out of the water
Miška je nenadoma skočila iz vode
and the mouse seemed to quiver all over with fright
in zdelo se je, da je miška drhtala od strahu
"Oh, I beg your pardon!" cried Alice hastily
»Oh, oprostite!« je naglo vzkliknila Alice
she was afraid that she had hurt the poor animal's feelings
bala se je, da je prizadela čustva uboge živali

"I quite forgot you didn't like cats"
"Povsem sem pozabil, da ne maraš mačk"
"I don't like cats!" cried the Mouse in a shrill, passionate voice
»Ne maram mačk!« je vzkliknila Miška z prodornim, strastnim glasom
"Would you like cats, if you were me?"
"Bi si želel mačke, če bi bil na mojem mestu?"
Alice comforted the mouse in a soothing tone
Alice je tolažila miško s pomirjujočim tonom
"Well, perhaps I would not like cats if I were you either"
"No, morda tudi jaz ne bi maral mačk, če bi bil na tvojem mestu"
"please don't be angry about the mention of cats"
"Prosim, ne bodite jezni zaradi omembe mačk"
"And yet I wish I could show you our cat Dinah"
"In vendar si želim, da bi ti lahko pokazal našo mačko Dinah"
"if you met her I think you'd take a fancy to cats"
"Če bi jo spoznali, mislim, da bi vam bile všeč mačke"
"if you could only see her"
"Ko bi jo le lahko videli"
"She is such a dear, quiet thing"
"Ona je tako draga, tiha stvar"
The mouse was shaking all over
Miška se je tresla po vsem telesu
Alice felt certain the mouse must be really offended
Alice je bila prepričana, da mora biti miška res užaljena
"We won't talk about her any more, if you'd rather not"
"Ne bova več govorila o njej, če raje ne"
"We, indeed!" cried the Mouse
»Mi, res!« je vzkliknila Miška
the mouse was trembling down to the end of its tail
Miška se je tresla do konca repa
"As if I would talk on such a subject!"
"Kot da bi govoril o takšni temi!"
"Our family always hated cats"
"Naša družina je vedno sovražila mačke"

"cats; nasty, low, vulgar things!"
"Mačke; grde, nizke, vulgarne stvari!"
"Don't let me hear the name again!"
"Ne dovolite, da slišim več imena!"
"I won't mention cats again indeed!" said Alice
»Mačk res ne bom več omenjala!« je rekla Alice
she was in a great hurry to change the subject
zelo se ji mudi, da bi spremenila temo
"Are you... are you fond of dogs?"
"Ali si ... Ali imate radi pse?«
"There is such a nice little dog near our house,"
"V bližini naše hiše je tako lep mali pes,"
"I should like to show you the little dog!"
"Rad bi vam pokazal malega psa!"
"this little dog kills all the rats and...
"Ta mali pes ubije vse podgane in ...
"oh, dear!" cried Alice in a sorrowful tone
»Oh, dragi!« je vzkliknila Alice žalostno
"I'm afraid I've offended you again!"
"Bojim se, da sem te spet užalil!"
**the mouse was swimming away from her as fast as it could
go**
Miška je plavala stran od nje tako hitro, kot je bilo mogoče
and the mouse made quite a commotion in the pool
in miška je v bazenu naredila precej razburjenja
So she called softly after the mouse
Zato je tiho klicala za miško
"my dear mouse, please come back!"
"Moja draga miška, prosim, vrni se!"
"and we won't talk about cats"
"In ne bomo govorili o mačkah"
"and we don't have to talk about dogs either"
"In tudi nam ni treba govoriti o psih"
When the mouse heard this, it turned around
Ko je miška to slišala, se je obrnila
and the little mouse swam slowly back to her
in mala miška je počasi priplavala nazaj k njej

the mouse's face was quite pale
Mišin obraz je bil precej bled
and the mouse spoke, in a low, trembling voice
in miška je govorila s tihim, drhtečim glasom
"Let us get to the shore"
"Pojdimo na obalo"
"and then I'll tell you my history"
"In potem vam bom povedal svojo zgodovino"
"and you'll understand why it is I hate cats and dogs"
"in razumeli boste, zakaj sovražim mačke in pse"
It had become high time to go
Skrajni čas je bil za odhod
because the pool was getting quite crowded
ker je bazen postajal precej gneča
other birds and animals had fallen into the pool
druge ptice in živali so padle v bazen
there were a Duck and a Dodo
tam sta bila raca in Dodo
and there was a Lory bird and an Eaglet
in tam je bila ptica Lory in Eaglet
and there were several other interesting looking creatures
in bilo je še nekaj drugih zanimivih bitij
Alice led the way out the pool
Alice je vodila pot ven iz bazena
and the whole party of animals swam to the shore
in celotna skupina živali je priplavala do obale

A caucus race and a long tail
Tekma in dolg rep
They were indeed a funny-looking bunch of animals
Res so bili smešni kup živali
and they all assembled on the water's bank
in vsi so se zbrali na bregu vode
the birds all had bedraggled feathers
vse ptice so imele raztrgano perje
and the furry animals were soaked through
in kosmate živali so bile namočene skozi
and all were dripping wet, annoyed and uncomfortable
in vsi so kapljali mokri, razdraženi in neprijetni

there was one question that had to be answered first
Najprej je bilo treba odgovoriti na eno vprašanje
what is the best way for everyone to get dry?
Kakšen je najboljši način, da se vsi posušijo?
They had a consultation about this matter
O tej zadevi so se posvetovali
soon they were all on familiar terms
kmalu so bili vsi v znanih odnosih
it was as if she had known them all her life
Bilo je, kot da jih je poznala vse življenje
the mouse seemed to be a person of some authority
Zdelo se je, da je miška oseba z neko avtoriteto

"Sit down, all of you, and listen to me!
»Sedite vsi in me poslušajte!
I'll soon make you all dry again!"
"Kmalu vas bom spet posušil!"
They all sat down at once, in a large ring
Vsi so se usedli naenkrat, v velik obroč
and the little mouse sat in the middle
in mala miška je sedela na sredini
"Ahem!" said the mouse with an important air
»Ahem!« je rekla miška s pomembnim videzom
"Are you all ready?"
"Ste vsi pripravljeni?"
"This is the driest thing I know"
"To je najbolj suha stvar, ki jo poznam"
"Silence all around, if you please!"
"Tišina povsod, če prosim!"
"William the Conqueror was favoured by the pope"
"Viljem Osvajalec je bil naklonjen papežu"
"but he was soon submitted to by the English"
"vendar so se mu kmalu podredili Angleži"
"they wanted leaders of late"
"V zadnjem času so želeli voditelje"
"and they had been accustomed to power and conquest"
"in navajeni so bili na moč in osvajanje"
"Edwin and Morcar, the Earls of Mercia and Northumbria"
"Edwin in Morcar, grofa Mercia in Northumbria"
"Ugh!" said the lori bird, with a shiver
»Uh!« je rekla ptica lori in drhtala
"and even Stigand, the patriotic archbishop of Canterbury"
"in celo Stigand, domoljubni nadškof Canterburyja"
"he also found it advisable"
"Zdelo se mu je tudi priporočljivo"
"What did he find advisable?" said the duck
"Kaj se mu je zdelo priporočljivo?" je vprašala raca
"He found it advisable" the mouse replied rather crossly
"Zdelo se mu je priporočljivo," je odgovorila miška precej
navzkrižno

but the duck was not satisfied
Toda raca ni bila zadovoljna
"of course, you know what 'it' means"
"Seveda, veste, kaj pomeni 'to'"
"I know what 'it' is when I find a thing," said the duck
»Vem, kaj je to, ko nekaj najdem,« je rekel raca
"it's generally a frog or a worm"
"Na splošno je žaba ali črv"
"The question is, what did the archbishop find?"
"Vprašanje je, kaj je našel nadškof?"
The mouse did not notice this question
Miška tega vprašanja ni opazila
instead, the mouse hurriedly went on with the speech
Namesto tega je miška naglo nadaljevala z govorom
"he found it advisable to go with Edgar Atheling"
"Zdelo se mu je priporočljivo, da gre z Edgarjem Athelingom"
"to meet William and offer him the crown"
"da se srečam z Williamom in mu ponudim krono"
the mouse continued, turning to Alice as it spoke
miška je nadaljevala in se obrnila k Alici, ko je govorila
"How are you getting on now, my dear?"
"Kako ti gre zdaj, draga moja?"
"As wet as ever," said Alice in a melancholy tone
»Mokra kot vedno,« je rekla Alice z melanholičnim tonom
"this story doesn't seem to dry me at all"
"Zdi se, da me ta zgodba sploh ne posuši"
"In that case," said the dodo solemnly, rising to its feet
»V tem primeru,« je slovesno rekel dodo in vstal
"I vote that the meeting be adjourned"
"Glasujem, da se seja preloži"
"and I propose an immediate adoption of more energetic remedies"
"in predlagam takojšnje sprejetje bolj energičnih zdravil"
"Speak real words!" said the eaglet
"Govorite prave besede!" je rekel orel
"I don't know the meaning of half of those long words"
"Ne vem, kaj pomeni polovica teh dolgih besed"

"and, what's more, I don't believe you know either!"
"In še več, ne verjamem, da tudi vi veste!"
"What I was going to say," said the dodo in an offended tone
"Kaj sem hotel reči," je rekel dodo z užaljenim tonom
"the best thing to get us dry would be a caucus-race"
"Najboljša stvar, ki bi nas posušila, bi bila tekma na kongresu"
"What is a caucus-race?" said Alice
»Kaj je tekmovanje v klubu?« je vprašala Alice

"Well," said the dodo, "the best way to explain it is to do it"
"No," je rekel dodo, "najboljši način, da to pojasnite, je, da to storite."
"First the dodo marked out a race-course"
"Najprej je dodo označil dirkališče"
"the track was in a sort of circle"
"Skladba je bila v nekakšnem krogu"
"and then all the party were placed along the course"
"In potem je bila vsa zabava postavljena vzdolž proge"
There was no "One, two, three and away!"
Ni bilo "Ena, dva, tri in stran!"
but they began running when they liked
Toda začeli so teči, ko so želeli
and they also finished when they liked

in tudi končali, ko so želeli
so it was not easy to know when the race was over
Zato ni bilo lahko vedeti, kdaj je dirka končana
after half an hour or so of running they were all quite dry
po približno pol ure teka so bili vsi precej suhi
the dodo suddenly called out, "The race is over!"
dodo je nenadoma zaklical: "Dirka je končana!"
and they all crowded around the dodo
In vsi so se nabrali okoli doda
all the animals were panting and puffing
Vse živali so dihale in napihovale
and they all wanted to know, "But who has won?"
in vsi so želeli vedeti: »Toda kdo je zmagal?«
This question the dodo could not immediately answer
Na to vprašanje dodo ni mogel takoj odgovoriti
first he had to do a great deal of thinking
Najprej je moral veliko premisliti
after much thinking, the dodo finally spoke
Po dolgem razmišljanju je dodo končno spregovoril
"Everybody has won, and all must have prizes"
"Vsi so zmagali in vsi morajo imeti nagrade"
"But who is to give the prizes?" asked a chorus of voices
»Toda kdo naj podeli nagrade?« je vprašal zbor glasov
"Well, she, of course," said the dodo
»No, seveda,« je rekel dodo
and the dodo pointed with one finger to Alice
in dodo je z enim prstom pokazal na Alice
and the whole party of animals crowded around her
in vsa skupina živali se je nabrala okoli nje
they called out, in a confused way, "Prizes! Prizes!"
zmedeno so vzkliknili: »Nagrade! Nagrade!"
Alice had no idea what to do
Alice ni imela pojma, kaj storiti
in despair she put her hand into her pocket
V obupu je dala roko v žep
and she pulled out a box of sweets
in izvlekla je škatlo sladkarij

luckily the salt-water had not got into the box
Na srečo slana voda ni prišla v škatlo
and she handed the sweets around as prizes
in sladkarije je razdelila naokoli kot nagrade
There was exactly one piece for everyone
Za vsakogar je bil natanko en kos
The next thing they had to do was to eat the sweets
Naslednja stvar, ki so jo morali storiti, je bila pojesti sladkarije
this caused some noise and confusion
To je povzročilo nekaj hrupa in zmede
**the large birds complained that they could not taste their
sweets**
Velike ptice so se pritoževale, da ne morejo okusiti svojih
sladkarij
the small ones choked and had to be patted on the back
majhni so se zadušili in jih je bilo treba potrepljati po hrbtu
However, it was over at last
Vendar je bilo končno konec
and they sat down again in a ring
in spet so se usedli v obroč
and they begged the mouse to tell them something more
in prosili so miško, naj jim pove še kaj več
"You promised to tell me your history, you know," said Alice
"Obljubila si, da mi boš povedala svojo zgodovino, veš," je
rekla Alice
and she made another little remark about cats in a whisper
In šepetala je še eno majhno pripombo o mačkah
she didn't want to offend the mouse again
Ni želela spet užaliti miške
the little mouse turned to Alice and sighed
miška se je obrnila k Alice in vzdihnila
"Mine is a long and a sad tale!"
"Moja zgodba je dolga in žalostna!"
"It is a long tail, certainly," said Alice
»To je dolg rep, zagotovo,« je rekla Alice
and she looked down with wonder at the mouse's tail
in z začudenjem je pogledala navzdol na mišji rep

"but why do you call it a sad tail?"
"Ampak zakaj temu praviš žalosten rep?"
And she kept on puzzling about it while the mouse was speaking
In še naprej je zmedala o tem, medtem ko je miška govorila
so that her idea of the tale was something like this
tako da je bila njena predstava o zgodbi nekako takšna

"Fury said to
a mouse, That
he met in the
house, 'Let
us both go
to law: *I*
will prosecute
you.—
Come, I'll
take no denial:
We must have
the trial;
For really
this morning
I've
nothing
to do.'
Said the
mouse to
the cur,
'Such a
trial, dear
sir, With
no jury
or judge,
would
be wasting
our
breath.'
'I'll be
judge,
I'll be
jury,'
said
cunning
old
Fury;
'I'll
try
the
whole
cause,
and
condemn
you to
death.'"

Fury said to a mouse, That he met in the house"
Bes je rekel miški, da se je srečal v hiši."
Let us both go to law: I will prosecute you
Naj se oba obrnemo na sodišče: preganjal vas bom
Come, I'll take no denial: We must have the trial

Pridite, ne bom zanikal: moramo imeti sojenje
For really this morning I've nothing to do
Kajti danes zjutraj nimam ničesar storiti
Said the mouse to the cur;
Rekla je miška prekletstvu;
**Such a trial, dear sir, With no jury or judge, would be
wasting our breath**
Takšno sojenje, dragi gospod, brez porote ali sodnika bi nam
zapravljalo dih
"I'll be judge, I'll be jury," said cunning old Fury
»Jaz bom sodnik, bil bom porota,« je rekel prebrisani stari
Fury
I'll try the whole cause, and condemn you to death
Poskusil bom celoten primer in vas obsodil na smrt
the mouse spoke severely to Alice
miška je resno spregovorila z Alice
"You are not paying attention!"
"Ne posvečate pozornosti!"
"What are you thinking of?"
"O čem razmišljaš?"
"I beg your pardon," said Alice very humbly
»Oprostite,« je zelo ponižno rekla Alice
"you had got to the fifth bend, I think?"
"Mislim, da ste prišli do petega ovinka?"
"You insult me by talking such nonsense!"
"Žališ me s takšnimi neumnostmi!"
and the mouse got up and walked away
in miška je vstala in odšla
Alice called after the little mouse
Alice je klicala za miško
"Please come back and finish your story!"
"Prosim, vrnite se in dokončajte svojo zgodbo!"
And the others all joined in chorus
In vsi ostali so se pridružili v zboru
"Yes, please do finish your story!"
"Da, prosim, dokončajte svojo zgodbo!"
But the mouse only shook its head impatiently

Toda miška je samo nestrpno zmajala z glavo
and the little mouse walked a little quicker
in mala miška je hodila malo hitreje
"I wish I had Dinah, our cat, here!" said Alice
"Želim si, da bi imela tukaj Dinah, našo mačko!" je rekla Alice
This caused a remarkable sensation among the party
To je povzročilo izjemen občutek med stranko
Some of the birds hurried off at once
Nekatere ptice so takoj odhitele
and a Canary called out in a trembling voice, to its children;
in kanarček je drhtečim glasom zaklical k svojim otrokom;
"Come away, my dears!"
»Pojdite stran, dragi moji!«
"It's high time you were all in bed!"
"Skrajni čas je, da ste vsi v postelji!"
with various excuses they all went away
z različnimi izgovori so vsi odšli
and Alice was soon left alone
in Alice je kmalu ostala sama
"I wish I hadn't mentioned Dinah!"
"Želim si, da ne bi omenil Dinah!"
"Nobody seems to like her down here"
"Zdi se, da je tukaj spodaj nihče ne mara"
"but I'm sure she's the best cat in the world!"
"Ampak prepričan sem, da je najboljša mačka na svetu!"
Poor Alice began to cry again
Uboga Alice je spet začela jokati
because she felt very lonely and low-spirited
ker se je počutila zelo osamljeno in slabo
In a little while, however, she again heard something
Čez nekaj časa pa je spet nekaj zaslišala
a little pattering of footsteps in the distance
Malo korakov v daljavi
and she looked up eagerly
in nestrpno je pogledala navzgor

The rabbit sends in little Mr Bill
Zajec pošlje malega gospoda Billa

It was the white rabbit,trotting slowly back again
To je bil beli zajec, ki je počasi kasal nazaj
he was looking about anxiously as he went
Zaskrbljeno je gledal naokoli, ko je šel
he looked as if he had lost something
Izgledal je, kot da je nekaj izgubil
Alice heard him muttering to himself
Alice ga je slišala, kako mrmra sam sebi
"The Duchess! The Duchess! Oh, my dear paws!"
»Vojvodinja! Vojvodinja! Oh, moje drage tace!"
"Oh, my fur and whiskers!"
"Oh, moje krzno in brki!"
"She'll get me executed, I'm sure of that"
"Usmrtila me bo, v to sem prepričana"
"just as sure as ferrets are ferrets!"
»Tako kot so beli dihurji!«
"Where can I have dropped my things, I wonder?"
"Kje sem lahko spustil svoje stvari, se sprašujem?"

Alice guessed in a moment what he was looking for
Alice je v trenutku uganila, kaj išče
he was looking for the feather fan
Iskal je oboževalca perja
and he was looking for the pair of white gloves
in iskal je par belih rokavic
so she very good-naturedly began looking for the gloves
zato je zelo dobronamerno začela iskati rokavice
and she looked for the feather fan too
Iskala je tudi pernato oboževalko
but the gloves and feather fan were nowhere to be seen
Toda rokavice in pernate ventilatorje ni bilo nikjer videti
everything seemed to have changed since her swim in the pool
Zdelo se je, da se je vse spremenilo, odkar je plavala v bazenu
nothing was the same since she had been in the great hall
Nič ni bilo enako, odkar je bila v veliki dvorani
and the glass table had vanished
in steklena miza je izginila
and the little door wasn't there either
in tudi majhnih vrat ni bilo tam
Very soon the rabbit noticed Alice
Zelo kmalu je zajec opazil Alice
he called to her in an angry tone
Jezno jo je poklical
"Mary Ann, what are you doing out here?"
"Mary Ann, kaj počneš tukaj?"
"Run home this moment"
"Teči domov ta trenutek"
"and fetch me a pair of gloves and a feather fan!"
"In prinesi mi par rokavic in pernato pahljačo!"
"and be quick about it!"
"In bodi hiter pri tem!"
Alice spoke to herself as she ran off
Alice je govorila sama s seboj, ko je pobegnila
"He must have mistaken me for his housemaid!"
"Verjetno me je zamenjal za svojo gospodinjo!"

"How surprised he'll be when he finds out who I am!"
"Kako presenečen bo, ko bo izvedel, kdo sem!"
As she said this, she came upon a neat little house
Ko je to rekla, je naletela na lepo hišico
on the door of the house was a bright brass plate
Na vratih hiše je bila svetla medeninasta plošča
"W. RABBIT"
"W. ZAJEC"
She went in without knocking on the door
Vstopila je, ne da bi potrkala na vrata
and she hurried straight upstairs
in pohitela je naravnost gor
she worried that she might meet the real Mary Ann
skrbelo jo je, da bi lahko spoznala pravo Mary Ann
because then she would be turned out of the house
ker bi jo potem izgnali iz hiše
and she wouldn't be able to find the feather fan and gloves
in ne bi mogla najti peresnega ventilatorja in rokavic
Alice had found her way into a tidy little room
Alice je našla pot v urejeno majhno sobo
in the room was a table by the window
V sobi je bila miza ob oknu
and on the table was a feather fan
na mizi pa je bil pernati ventilator
and there were two or three pairs of tiny white gloves
in tam sta bila dva ali trije pari drobnih belih rokavic
she picked up the feather fan and a pair of the gloves
Vzela je pernato oboževalko in par rokavic
and she was just about to leave the room
in ravno je nameravala zapustiti sobo
but then her eyes fell upon a little bottle
potem pa so njene oči padle na steklenico
She uncorked the bottle and put it to her lips
Odmašila je steklenico in jo položila na ustnice
"I do hope it'll make me grow large again"
"Upam, da bom spet zrasla"
"I'm tired of being such a tiny little thing!"

"Naveličan sem biti tako majhen majhen!"
Alice had hardly drunk half the bottle
Alice je komaj popila polovico steklenice
her head was already pressing against the ceiling
njena glava je že pritiskala na strop
and she had to stoop down
in morala se je skloniti
to save her neck from being broken
da bi rešila vrat pred zlomom
She hastily put down the bottle
Naglo je odložila steklenico
"That's quite enough"
"To je povsem dovolj"
"I hope I don't grow anymore"
"Upam, da ne bom več rasla"
Alas! It was too late to wish that!
Žal! Bilo je prepozno, da bi si to želeli!
She went on growing and growing
Še naprej je rasla in rasla
and very soon she had to kneel down on the floor
in zelo kmalu je morala poklekniti na tla
and even then she went on growing
In tudi takrat je še naprej rasla
as a last resource she put one arm out of the window
Kot zadnji vir je eno roko potisnila skozi okno
and she put one foot up the chimney
in z eno nogo se je povzpela v dimnik
"Now I can do no more, whatever happens"
"Zdaj ne morem storiti več, karkoli se bo zgodilo"
"What will become of me?"
"Kaj se bo zgodilo z mano?"

Alice had a spot of luck
Alice je imela srečo
the little magic bottle had had its full effect
Čarobna steklenička je imela poln učinek
and Alice grew no larger than she was
in Alice ni zrasla večja, kot je bila
After a few minutes she heard a voice outside
Po nekaj minutah je zaslišala glas zunaj
and she stopped to listen to the voice
in ustavila se, da bi poslušala glas
"Mary Ann! Mary Ann!" said the voice
»Mary Ann! Mary Ann!« je rekel glas
"Fetch me my gloves this moment!"
"Ta trenutek mi prinesi rokavice!"
Then came a little pattering of feet on the stairs
Nato je prišlo do majhnega potapljanja nog po stopnicah
Alice knew it was the rabbit coming to look for her
Alice je vedela, da jo je zajec prišel iskat
and she trembled till she shook the house

in tresla se je, dokler ni pretresla hiše
she quite forgot what her proportions were
povsem je pozabila, kakšna so njena razmerja
she was a thousand times as large as the rabbit
bila je tisočkrat večja od zajca
and she had no reason to be afraid of a rabbit
in ni imela razloga, da bi se bala zajca
Presently the rabbit came up to the door
Kmalu je zajček prišel do vrat
and the little rabbit tried to open the door
in mali zajček je poskušal odpreti vrata
the door started to open inwards
vrata so se začela odpirati navznoter
but Alice's elbow was pressed hard against the door
toda Alicin komolec je bil močno pritisnjen na vrata
that attempt proved a failure
Ta poskus se je izkazal za neuspešnega
Alice heard the rabbit speak to himself
Alice je slišala, kako se zajec pogovarja sam s seboj
"Then I'll go around and get in through the window"
"Potem bom šel naokoli in vstopil skozi okno"
"That you won't!" thought Alice
"Da ne boš!" je pomislila Alice
and she waited a little again
In spet je malo počakala
soon she heard the rabbit just under the window
Kmalu je zaslišala zajca tik pod oknom
she suddenly spread out her hand
Nenadoma je raztegnila roko
and she made a snatch in the air
in naredila je ugrabitev v zraku
She did not get hold of anything
Ničesar ni dobila
but she heard a little shriek and a fall
vendar je zaslišala majhen krik in padec
and she heard a crash of broken glass
in zaslišala je trk razbitega stekla

perhaps the rabbit had fallen
Morda je zajec padel
maybe he was in a green-house
Mogoče je bil v zelenjaku
Next came an angry voice; the rabbit's voice
Nato je prišel jezen glas; Zajčev glas
"Pat, where are you?"
"Pat, kje si?"
And then came a voice she had never heard before
In potem se je slišal glas, ki ga še nikoli ni slišala
"your honour, I'm here!"
"Vaša čast, tukaj sem!"
"I'm digging for apples"
"Kopem jabolka"
"Here! Come and help me out of this!"
»Tukaj! Pridite in mi pomagajte iz tega!«
"Now tell me, Pat, what's that in the window?"
"Zdaj pa mi povejte, Pat, kaj je to v oknu?"
"Sure, your honour, I will tell you"
"Seveda, vaša čast, povedal vam bom"
"it's an arm that's in the window!"
"To je roka, ki je v oknu!"
"Well, an arm has no business there"
"No, roka tam nima kaj dela"
"go and take the arm away!"
"Pojdi in odvzemi roko!"
There was a long silence after this
Po tem je bila dolga tišina
and Alice could only hear whispers now and then
in Alice je tu in tam slišala le šepetanje
and at last she spread out her hand again
in končno je spet raztegnila roko
and she made another snatch in the air
in naredila je še en ugrabitev v zraku
This time there were two little shrieks
Tokrat sta bila dva majhna krika
and there was more sounds of broken glass

in bilo je še več zvokov razbitega stekla
"I wonder what they'll do next!" thought Alice
»Zanima me, kaj bodo naredili naslednje!« je pomislila Alice
"I wish they would pull me out the window"
"Želim si, da bi me potegnili skozi okno"
She waited for some time
Čakala je nekaj časa
but for a while she didn't hear anything more
Toda nekaj časa ni slišala ničesar več
At last came a rumbling of little wheels
Končno se je zaslišalo ropotanje majhnih koles
and there came the sound of a good many voices
in zaslišalo se je veliko glasov
all the voices were talking together
Vsi glasovi so se pogovarjali skupaj
She could make out some of the words
Lahko je razbrala nekaj besed
"Where's the other ladder?"
"Kje je druga lestev?"
"Bill's got the other ladder"
"Bill ima drugo lestev"
"Bill, come here!"
"Bill, pridi sem!"
"Will the roof bear the load?"
"Ali bo streha nosila breme?"
"Who wants to go down the chimney?"
"Kdo hoče iti po dimniku?"
"Nay, I shall not! You do it!"
»Ne, ne bom! Naredite to!"
"Here, Bill!"
"Tukaj, Bill!"
"The master says you've got to go down the chimney!"
"Gospodar pravi, da moraš iti po dimniku!"
Alice drew her foot as far down the chimney as she could
Alice je potegnila nogo tako daleč navzdol po dimniku,
kolikor je lahko.
and then she waited to see what was coming

In potem je čakala, da vidi, kaj se bo zgodilo
she heard a little animal scratching and scrambling
Slišala je majhno žival, ki se je praskala in pretresala
the little animal must be in the chimney
mala žival mora biti v dimniku
then she gave one sharp kick
Nato je dala en oster brc
and she waited to see what would happen next
in čakala je, da vidi, kaj se bo zgodilo naprej
she heard a general chorus of voices
slišala je splošen zbor glasov
"There goes Bill!" they all said
"Tam gre Bill!" so rekli vsi
then she heard the rabbit's voice alone
Potem je zaslišala zajčji glas
"You by the hedge, catch him!"
"Ti ob živi meji, ujemi ga!"
there was another moment of silence
Sledil je še en trenutek tišine
and then there was another confusion of voices
in potem je prišlo do še ene zmede glasov
"Hold up his head, Brandy"
"Dvigni mu glavo, Brandy"
"be careful not to choke him"
"pazite, da ga ne zadušite"
"What happened to you?"
"Kaj se je zgodilo s teboj?"
Last came a little feeble, squeaking voice
Nazadnje se je slišal šibek, škripajoč glas
"Well, I hardly know no more"
"No, komaj vem več"
"thank you all, I'm better now"
"Hvala vsem, zdaj sem boljši"
"there is one thing I can remember"
"Spomnim se ene stvari"
"something comes at me like a train in a tunnel"
"Nekaj me napade kot vlak v predoru"

"and up I fly like a sky-rocket!"
»in gor letim kot raketa!«
there was a minute or two of silence
Minuto ali dve je bila tišina
and then they began moving about again
In potem so se spet začeli premikati
and Alice heard the Rabbit speak again
in Alice je spet slišala Zajca govoriti
"A barrowful will do, to begin with"
"Za začetek bo zadostovala gomila"
"A barrowful of what?" thought Alice
»Gomila česa?« je pomislila Alice
But she was not kept in suspense for long
Toda ni bila dolgo zadržana v napetosti
a shower of little pebbles came through the window
skozi okno je prišel tuš majhnih kamenčkov
and some of the little pebbles hit her in the face
in nekaj majhnih kamenčkov jo je zadelo v obraz
Alice was surprised about the little pebbles
Alice je bila presenečena nad majhnimi kamenčki
all the little pebbles were turning into cakes
vsi majhni kamenčki so se spreminjali v torte
and a bright idea came into her head
in v glavi ji je prišla svetla ideja
"I should eat one of these cakes"
"Moral bi pojesti eno od teh peciv"
"cake is sure to make some change in my size"
"Torta bo zagotovo spremenila mojo velikost"
So she swallowed one of the cakes
Zato je pogoltnila eno od tort
and she was delighted to find that she began shrinking
in bila je navdušena, ko je ugotovila, da se je začela krčiti
soon she was small enough to get through the door
kmalu je bila dovolj majhna, da je prišla skozi vrata
she ran out of the house
zbežala je iz hiše
a crowd of little animals and birds were waiting outside

Zunaj je čakala množica majhnih živali in ptic
all the little birds and animals rushed at Alice
vse ptičke in živali so pohiteli na Alice
but she ran off as fast as she could
vendar je pobegnila čim hitreje
and soon she found herself safe in a thick wood
in kmalu se je znašla na varnem v gostem gozdu
Alice wandered about in the woods
Alice se je sprehajala po gozdu
and she thought to herself:
in pomislila je:
"I know what I have to do first"
"Vem, kaj moram najprej storiti"
"first I have to grow to my right size again"
"Najprej moram spet zrasti do svoje prave velikosti"
"and then I have to find my way into that lovely garden"
"In potem moram najti pot v ta čudovit vrt"
"I suppose I ought to eat or drink something or other"
"Mislim, da bi moral pojesti ali popiti kaj drugega"
"but the question is what should I eat or drink?"
"ampak vprašanje je, kaj naj jem ali pijem?"
Alice looked all around her at the flowers
Alice je pogledala okoli sebe na rože
and she looked through the blades of grass
in pogledala je skozi trave
but she could not see anything to eat or drink
vendar ni videla ničesar za jesti ali piti
nothing looked like the right thing to eat or drink
Nič ni izgledalo kot prava stvar za jesti ali piti
There was a large mushroom growing near her
V bližini je rasla velika goba
the mushroom was about the same height as Alice
goba je bila približno enake višine kot Alice
She stretched herself up on tiptoes
Raztegnila se je na prstih
and she peeped over the edge of the mushroom
in pokukala je čez rob gobe

her eyes immediately met the eyes of a large blue caterpillar
njene oči so se takoj srečale z očmi velike modre gosenice
the caterpillar was sitting on the top of the mushroom
gosenica je sedela na vrhu gobe
and the caterpillar had crossed all his arms
in gosenica je prekrižala vse roke
and he was quietly smoking a long hookah
in tiho je kadil dolgo nargilo
and he took not the smallest notice of anything
in ničesar ni niti najmanj opazil
and he certainly didn't pay attention to Alice
in zagotovo ni bil pozoren na Alice

Advice from a caterpillar
Nasvet gosenice

At last the caterpillar took the hookah out of its mouth
Končno je gosenica vzela nargilo iz ust
and he addressed Alice in a languid, sleepy voice
in nagovoril je Alice z mlačnim, zaspanim glasom
"Who are you?" said the caterpillar
»Kdo si?« je vprašala gosenica

Alice replied, rather shyly, "I hardly know, sir"
Alice je precej sramežljivo odgovorila: »Komaj vem, gospod«
"just at the moment it's all a bit..."
"Samo v tem trenutku je vse malo ..."
"I know who I was when I got up this morning""
"Vem, kdo sem bil, ko sem zjutraj vstal."
"but I think I must have changed several times since then"
"ampak mislim, da sem se od takrat morala večkrat
spremeniti"
"What do you mean by that?" said the caterpillar
"Kaj misliš s tem?" je vprašala gosenica

sternly the caterpillar asked her to explain herself

Gosenica jo je strogo prosila, naj se razloži

"I can't explain myself, I'm afraid, sir," said Alice

"Bojim se, da se ne morem razložiti, gospod," je rekla Alice

"because I'm not myself"

"ker nisem jaz"

"you see, being so many different sizes in a day is very confusing"

"Vidite, biti toliko različnih velikosti v enem dnevu je zelo zmedeno"

She pulled herself up and said very gravely:

Dvignila se je in zelo resno rekla:

"I think you ought to tell me who you are, first"

"Mislim, da bi mi moral najprej povedati, kdo si."

"Why?" said the caterpillar

»Zakaj?« je vprašala gosenica

Alice could not think of any good reason

Alice se ni mogla spomniti nobenega pravega razloga

and the caterpillar seemed to be in a very unpleasant state of mind

in zdelo se je, da je gosenica v zelo neprijetnem duševnem stanju

so she turned away

zato se je obrnila stran

"Come back!" the caterpillar called after her

»Vrni se!« je za njo klicala gosenica

"I've something important to say!"

"Nekaj pomembnega moram povedati!"

Alice turned and came back again

Alice se je obrnila in se spet vrnila

"Keep your temper," said the caterpillar

"Ohranite živce," je rekla gosenica

"Is that all?" said Alice

»Je to vse?« je vprašala Alice

and she swallowed her anger as well as she could

in svojo jezo je pogoltnila, kolikor je lahko,

"No," said the caterpillar

"Ne," je rekla gosenica
the caterpillar unfolded its arms
gosenica je raztegnila roke
and he took the hookah out of his mouth again
in spet je vzel nargilo iz ust
and he said, "So you think you're changed, do you?"
in rekel je: "Torej misliš, da si se spremenil, kajne?"
"I'm afraid, I am changed, sir," said Alice
»Bojim se, da sem se spremenila, gospod,« je rekla Alice
"I can't remember things as I used to remember them"
"Ne morem se spomniti stvari, kot sem se jih spominjal"
"and I don't stay the same size for more than ten minutes!"
"In ne ostanem enake velikosti več kot deset minut!"
"What size do you want to be?" asked the caterpillar
"Kakšno velikost hočeš biti?" je vprašala gosenica
**"Oh, I don't particularly mind what size I am," Alice hastily
replied**
»Oh, ne zanima me preveč, kakšna sem velikost,« je naglo
odgovorila Alice
"I just don't like changing size so often, you know"
"Preprosto ne maram tako pogosto spreminjati velikosti,
veste"
"I would like to be a little larger, sir"
"Rad bi bil malo večji, gospod"
"if you wouldn't mind," added Alice
»Če ne bi imel nič proti,« je dodala Alice
"Ten centimetres is such a wretched height to be"
"Deset centimetrov je tako bedna višina"
"It is a very good height indeed!" said the caterpillar angrily
»Res je zelo dobra višina!« je jezno rekla gosenica
and he reared itself upright as he spoke
in med govorjenjem se je dvignil pokončno
he was exactly ten centimetres high
visok je bil natanko deset centimetrov
**In a minute or two, the caterpillar got down off the
mushroom**
V minuti ali dveh se je gosenica spustila z gobe

and he crawled away into the grass
in odplazil se je v travo
as he went away, he made some little remarks
Ko je odhajal, je izrekel nekaj kratkih pripomb
"One side will make you grow taller"
"Ena stran vas bo povečala"
"and the other side will make you grow shorter"
"in druga stran te bo skrajšala"
"One side of what?" thought Alice to herself
»Ena stran česa?« je pomislila Alice
"The other side of what?"
"Druga stran česa?"
"the side of the mushroom," said the caterpillar
»stran gobe,« je rekla gosenica
it was as if she had asked her question aloud
Bilo je, kot da bi svoje vprašanje postavila na glas
and in another moment, he was out of sight
in v drugem trenutku je bil izginil iz vidnega polja
Alice remained looking thoughtfully at the mushroom
Alice je ostala zamišljeno gledala gobo
she was trying to make out which were the two sides of the mushroom
Poskušala je razbrati, kateri sta dve strani gobe
At last she stretched her arms around the mushroom
Končno je raztegnila roke okoli gobe
and she broke off a bit of the edges
in zlomila je nekaj robov
"And now, which side is which?" she said to herself
"In zdaj, katera stran je katera?" si je rekla
and she nibbled a little of the right-hand bit
in malo je grizla del desne roke
The next moment she felt a violent blow underneath her chin
Naslednji trenutek je začutila silovit udarec pod brado
her chin had struck her foot!
brada jo je udarila v nogo!
She was a good deal frightened by this very sudden change

Bila je precej prestrašena zaradi te zelo nenadne spremembe
she was shrinking very rapidly
zelo hitro se je krčila
so she quickly ate some of the other bit of mushroom
Zato je hitro pojedla nekaj drugega koščka gob
Her chin was pressed very closely against her foot
Brada ji je bila zelo tesno pritisnjena na nogo
there was hardly room to open her mouth
komaj je bilo prostora, da bi odprla usta
but she did at last manage to open her mouth
vendar ji je končno uspelo odpreti usta
and she swallowed a morsel of the left-hand bit
in pogoltnila je košček leve roke
"my head's been freed at last!" said Alice
"Moja glava je končno osvobojena!" je rekla Alice
she looked down at herself
pogledala je navzdol nase
but all she could see was an immense length of neck
toda vse, kar je lahko videla, je bil ogromen vrat
her neck seemed to rise like a stalk
Zdelo se je, da se ji je vrat dvignil kot pecelj
and she looked down over a sea of green leaves
in pogledala je navzdol čez morje zelenih listov
"Where have my shoulders gotten to?"
"Kam so prišla moja ramena?"
"And oh, my poor hands, how is it I can't see you?"
"In oh, moje uboge roke, kako to, da te ne vidim?"
but her neck did have one benefit
Toda njen vrat je imel eno korist
she could move her head in any direction
lahko je premaknila glavo v katerokoli smer
in fact, she was just like a serpent
pravzaprav je bila kot kača
she gracefully zigzagged her head down
elegantno je cik-cak glavo spustila navzdol
and she moved her head through the trees
in premikala je glavo med drevesi

but then she heard a sharp hiss
potem pa je zaslišala ostro sikanje
and she quickly pulled her head back
in hitro je potegnila glavo nazaj
a large pigeon had flown into her face
velik golob ji je priletel v obraz
and the pigeon was violently with its wings
in golob je bil silovito s krili

"Serpent!" cried the pigeon
»Kača!« je vzkliknil golob
"I'm not a serpent!" said Alice indignantly
»Jaz nisem kača!« je ogorčeno rekla Alice
"Leave me alone!"
"Pusti me pri miru!"
"I've tried the roots of trees"

"Poskusil sem korenine dreves"
"and I've tried hedges," the pigeon went on
"In poskusil sem žive meje," je nadaljeval golob
"but those serpents! There's no pleasing them!"
»Ampak tiste kače! Nič jim ni mogoče ugajati!"
Alice was more and more puzzled
Alice je bila vse bolj zmedena
"As if it wasn't trouble enough hatching the eggs," said the pigeon
"Kot da ni bilo dovolj težav z izvalitvijo jajc," je rekel golob
"by night and day I must look out for serpents too!"
»Ponoči in podnevi moram paziti tudi na kače!«
"I had just found the highest tree in the forest"
"Pravkar sem našel najvišje drevo v gozdu"
"surely I'd be free from serpents here?"
"Zagotovo bi bil tukaj brez kač?"
"and out comes a serpent from the sky!"
"In ven prihaja kača z neba!"
"But I'm not a serpent, I tell you!" said Alice
»Ampak jaz nisem kača, povem ti!« je rekla Alice
"I'm a... I'm a... I'm a little girl," she added rather doubtfully
"Jaz sem ... Jaz sem ... Sem majhna deklica," je dodala precej dvomljivo
she had after all been going through a lot of changes
navsezadnje je šla skozi veliko sprememb
"You're looking for eggs," said the pigeon
"Iščeš jajca," je rekel golob
"I know that for a fact"
"To vem zagotovo"
"and what does it matter if you're a little girl or a serpent?"
"In kaj je pomembno, če si majhna deklica ali kača?"
"It matters a good deal to me," said Alice hastily
»To mi je zelo pomembno,« je naglo rekla Alice
"but I'm not looking for eggs, as it happens"
"ampak ne iščem jajc, kot se zgodi"
"and I wouldn't want your eggs anyway"
"In tako ali tako ne bi želel tvojih jajc"

"I don't like my eggs raw"
"Ne maram svojih jajc surovih"
"Well, be off then!" said the pigeon in a sulky tone
»No, pojdi potem!« je rekel golob v mrzovoljnem tonu
and the pigeon settled down again into its nest
in golob se je spet ustalil v svoje gnezdo
Alice crouched down among the trees as well as she could
Alice se je skrčila med drevesi, kolikor je lahko.
her neck kept getting entangled among the branches
vrat se ji je nenehno zapletal med veje
every now and then she had to stop and untwist her neck
Vsake toliko časa se je morala ustaviti in odviti vrat
After awhile she remembered the mushroom
Čez nekaj časa se je spomnila gobe
she still held the pieces of mushroom in her hands
še vedno je držala koščke gob v rokah
and she set to work very carefully
in zelo previdno se je lotila dela
first she nibbled at one piece
Najprej je grizla en kos
and then she nibbled at the other piece
nato pa je grizla drugi kos
sometimes she grew taller
včasih je zrasla višja
and sometimes she grew shorter
in včasih je postajala nižja
but finally she achieved her usual height
Toda končno je dosegla svojo običajno višino
she hadn't been her own height for some time
že nekaj časa ni bila svoje višine
so everything felt strange for a while
Nekaj časa se je vse zdelo čudno
"The next thing to do is to get into that beautiful garden"
"Naslednja stvar, ki jo morate storiti, je, da pridete v ta čudovit vrt"
"how is that to be done, I wonder?"
"Sprašujem se, kako naj se to naredi?"

As she said this, she came upon an open place
Ko je to rekla, je naletela na odprt prostor
there was a little house, a bit higher than a metre
Tam je bila majhna hiša, nekoliko višja od metra
"I wonder who lives in this little house"
"Sprašujem se, kdo živi v tej majhni hiši"
"I certainly can't go in as big as I am"
"Vsekakor ne morem iti tako velik, kot sem"
"I would frighten them terribly!"
"Strašno bi jih prestrašil!"
so she nibbled at the little mushroom again
zato je spet grizla majhno gobo
and soon she brought herself down thirty centimetres
in kmalu se je spustila za trideset centimetrov

A pig and some pepper
Prašič in nekaj popra
For a minute or two she stood looking at the house
Minuto ali dve je stala in gledala hišo
suddenly a footman came running out of the woods
Nenadoma je iz gozda pritekel lokaj
he was wearing a special livery uniform
Nosil je posebno uniformo
judging by his face only, she would have called him a fish
Sodeč samo po njegovem obrazu, bi ga imenovala riba
and he rapped loudly at the door with his knuckles
in glasno je potrkal na vrata s členki
the door was opened by another footman
vrata je odprl drug lokaj
this footman too was wearing a special livery
Tudi ta lokaj je nosil posebno barvo
this footman had a round face and large eyes like a frog
Ta lokaj je imel okrogel obraz in velike oči kot žaba

The footman that looked like a fish initiated the ceremony
Lokaj, ki je izgledal kot riba, je sprožil slovesnost
he pulled out something from under his arm
nekaj je izvlekel izpod roke
and he pulled out from under his arm an envelope
in izpod roke je izvlekel ovojnico
and this envelope he handed over to the other footman
in to ovojnico je izročil drugemu lokaju
in a ceremonious tone he told him the orders
s slovesnim tonom mu je povedal ukaze
"This message is for the Duchess"
"To sporočilo je za vojvodinjo"
"An invitation from the queen to play croquet"
"Povabilo kraljice k igranju kroketa"
The footman that looked like a frog repeated the order
Lokaj, ki je bil videti kot žaba, je ponovil ukaz
"from the queen"
"Od kraljice"
"an invitation"
»Povabilo«
"for the Duchess"
"za vojvodinjo"
"playing croquet"
"Igranje kroketa"
Then they both bowed low
Nato sta se oba nizko priklonila
and the curls in their wigs got entangled together
in kodre v lasuljah so se zapletle skupaj
soon the footman that looked like a fish was gone
Kmalu je lokaj, ki je izgledal kot riba, izginil
but the footman that looked like a frog was still there
toda lokaj, ki je izgledal kot žaba, je bil še vedno tam
he was sitting on the ground near the door
sedel je na tleh blizu vrat
he was staring stupidly up into the sky
Neumno je strmel v nebo
Alice went timidly up to the door and knocked

Alice je sramežljivo šla do vrat in potrkala
"There's no use in knocking," said the footman
"Nima smisla trkati," je rekel lokaj
"and that is for two reasons"
"In to iz dveh razlogov"
"First, because I'm on the same side of the door as you are"
"Prvič, ker sem na isti strani vrat kot ti"
"secondly, because they're making so much noise inside"
"Drugič, ker v notranjosti delajo toliko hrupa"
"no one could possibly hear you"
"Nihče te ni mogel slišati"
And there certainly was a most extraordinary noise going on within
In zagotovo se je v notranjosti dogajal najbolj nenavaden hrup
a constant howling and sneezing
nenehno zavijanje in kihanje
and every now and then a sound of great crashing
in vsake toliko časa zvok velikega trčenja
as if a dish or kettle had been broken to pieces
kot da bi bila posoda ali kotliček razbita na koščke
"How am I to get in?" asked Alice
»Kako naj vstopim?« je vprašala Alice
"Should you get in at all?" said the footman
»Ali bi sploh morali vstopiti?« je rekel lokaj
"That's the first question, you know"
"To je prvo vprašanje, veste"
Alice opened the door and went in
Alice je odprla vrata in vstopila
The door led right into a large kitchen
Vrata so vodila naravnost v veliko kuhinjo
the kitchen was full of smoke from one end to the other
kuhinja je bila polna dima od enega konca do drugega
in the middle of the kitchen was the Duchess
sredi kuhinje je bila vojvodinja
she was sitting on a three-legged stool
Sedela je na stolu s tremi nogami
and she was nursing a baby

in dojila je otroka
the cook was leaning over the fire
kuhar se je nagnil nad ogenj
he was stirring a large caldron
Mešal je velik kotel
and the caldron seemed to be full of soup
in zdelo se je, da je kotel poln juhe
"There's certainly too much pepper in that soup!" Alice said to herself
"V tej juhi je zagotovo preveč popra!" Rekla je Alice sama sebi
she said it as best she could without sneezing
To je povedala po svojih najboljših močeh, ne da bi kihala
Even the Duchess sneezed occasionally
Celo vojvodinja je občasno kihala
but the baby's actions were the most noteworthy
Toda otrokova dejanja so bila najbolj omembe vredna
the baby was sneezing and howling alternately
otrok je izmenično kihal in zavijal
there was not a moment's pause between howling and sneezing
Med zavijanjem in kihanjem ni bilo niti trenutka premora
There were two creatures in the kitchen that did not sneeze
V kuhinji sta bili dve bitji, ki nista kihali
the cook was too busy to sneeze
kuhar je bil preveč zaposlen, da bi kihal
and the large cat did not seem to mind the pepper
in velika mačka ni motila popra
instead, the large cat was grinning from ear to ear
namesto tega se je velika mačka smehljala od ušesa do ušesa
"Please would you tell me," said Alice, a little timidly
»Prosim, ali mi lahko poveste,« je rekla Alice nekoliko sramežljivo
"why is your cat grinning like that?"
"Zakaj se tvoja mačka tako nasmehne?"
"It's a Cheshire-Cat," said the Duchess
"To je Cheshire-mačka," je rekla vojvodinja
"and that's why he's grinning from ear to ear"

"In zato se smehlja od ušesa do ušesa"
"I didn't know that a Cheshire-Cat always grinned"
"Nisem vedel, da se Cheshire-Cat vedno nasmehne"
"in fact, I didn't know that cats could grin," said Alice
"pravzaprav nisem vedela, da se mačke lahko nasmehnejo," je
dejala Alice
"there is much you don't know," said the Duchess
»veliko je tega, česar ne veš,« je rekla vojvodinja
"there is much you don't know and that's a fact"
"Veliko je tega, česar ne veste, in to je dejstvo"
Just then the cook took the caldron of soup off the fire
Ravno takrat je kuhar vzel kotel juhe z ognja
and at once she started throwing everything within her reach
in takoj je začela metati vse, kar ji je bilo na dosegu roke
she threw everything she could at the Duchess and the babe
vrgla je vse, kar je lahko, na vojvodinjo in dojenčka
first she threw the fire-irons
Najprej je vrgla železa
then she threw a handful of saucepans
nato je vrgla peščico ponv
and finally she threw the plates and dishes
in končno je vrgla krožnike in posodo
The Duchess took no notice of her
Vojvodinja je ni opazila
even when she was hit by a plate she did not worry
Tudi ko jo je zadel krožnik, ni skrbelo
the baby was already howling so much
otrok je že toliko zavijal
**so it was impossible to say whether the blows hurt the baby
or not**
Zato je bilo nemogoče reči, ali so udarci prizadeli otroka ali ne
"Oh, please mind what you're doing!" cried Alice
»Oh, prosim, pazi, kaj počneš!« je vzkliknila Alice
and she jumped up and down in an agony of terror
in skakala je gor in dol v agoniji groze
the Duchess offered Alice the baby
vojvodinja je Alice ponudila otroka

"Here! You may nurse the baby a bit, if you like!"
»Tukaj! Lahko otroka malo dojiš, če hočeš!"
and she flung the baby at her as she spoke
in ko je govorila, je vrgla otroka vanjo
"I must go and get ready to play croquet with the queen"
"Moram iti in se pripraviti na igranje kroketa s kraljico"
and she hurried out of the room
in pohitela je iz sobe
Alice caught the baby with some difficulty
Alice je otroka ujela z nekaj težavami
because it was a very odd-shaped little creature
ker je bilo zelo nenavadno oblikovano majhno bitje
and the baby held out its arms and legs in all directions
in otrok je iztegnil roke in noge v vse smeri
"I better take this child away with me," thought Alice
"Raje vzamem tega otroka s seboj," je pomislila Alice
"they're sure to kill this baby in a day or two"
"Zagotovo bodo ubili tega otroka čez dan ali dva"
"Wouldn't it be murder to leave this baby behind?"
"Ali ne bi bil umor, če bi pustili tega otroka za seboj?"
She said the last words out loud
Zadnje besede je izrekla na glas
and the little thing grunted in reply
in majhna stvar je v odgovor zamrmljala
"you best not turn into a pig, my dear," said Alice
"Bolje je, da se ne spremeniš v prašiča, draga moja," je rekla
Alice
"or else I'll have nothing more to do with you"
"ali pa ne bom imel nič več s tabo"
Alice was just beginning to think to herself:
Alice je ravno začela razmišljati:
"Now, what am I to do with this creature, when I get it
home?"
»Kaj naj storim s tem bitjem, ko ga pripeljem domov?«
but then the little creature grunted a little violently
potem pa je majhno bitje malo silovito godrnjalo
and Alice looked down into its face in some alarm

in Alice je pogledala navzdol v njegov obraz v nekem strahu
This time there could be no mistake about it
Tokrat pri tem ni moglo biti napake
it was neither more nor less than a pig
ni bil nič več ne manj kot prašič
so she set the little creature down
Zato je položila malo bitje
and the little creature trot away quietly into the wood
in majhno bitje je tiho odklo v gozd
Alice felt quite relieved to see the creature go
Alice je občutila olajšanje, ko je videla, kako bitje odhaja
Alice was a little startled by seeing the Cheshire-Cat
Alice je bila nekoliko presenečena, ko je videla Cheshire-Cat
it was sitting on a bough of a tree a few yards off
sedel je na veji drevesa nekaj metrov stran
The cat only grinned when it saw her
Mačka se je samo nasmehnila, ko jo je zagledala
"Cheshire-cat," began Alice, rather timidly
»Cheshire-mačka,« je začela Alice precej sramežljivo
**"would you please tell me which way I ought to go from
here?"**
"Ali mi lahko prosim poveste, v katero smer naj grem od
tukaj?"
"In that direction," the cat said
"V to smer," je rekel maček
and it waved the right paw around
in zamahnil je z desno šapo
"In that direction lives a maker of hats"
"V tej smeri živi izdelovalec klobukov"
and then the cat waved its other paw
In potem je mačka zamahnila z drugo šapo
"and in that direction lives a march hare"
"In v tej smeri živi marčevski zajček"
"Visit either you like; they're both mad"
»Obiščite kateregakoli želite; oba sta nora"
"But I don't want to go among mad people," Alice remarked
»Ampak nočem iti med norce,« je pripomnila Alice

"Oh, you can't help that," said the Cat
"Oh, ne moreš si pomagati," je rekel Mačka
"we're all mad here"
"Tukaj smo vsi jezni"
"are you playing croquet with the queen today?"
"Ali danes igraš kroket s kraljico?"
"I would like to very much," said Alice
»Zelo bi si želela,« je rekla Alice
"but I haven't been invited yet"
"ampak še nisem bil povabljen"
"You'll see me there," said the Cat
»Tam me boš videl,« je rekel Mačka
and from one moment to the next the cat vanished
in od trenutka do trenutka je mačka izginila
soon Alice got in sight of the house of the march hare
kmalu je Alice zagledala hišo maršičnega zajca
this was a very large house
To je bila zelo velika hiša
so Alice did not want to go near the house
zato se Alice ni želela približati hiši
first she had to nibble some more of the left side bit of mushroom
Najprej je morala grizljati še nekaj koščka gobe na levi strani

a mad tea-party
nora čajanka

In front of the house there was a tree
Pred hišo je bilo drevo
and under the tree there was a table
pod drevesom pa je bila miza
and the table was set with all sorts of cutlery
miza pa je bila postavljena z vsemi vrstami jedilnega pribora
the march hare and the hat maker were at the table
Marčevski zajček in izdelovalec klobukov sta bila za mizo
and together they were having tea
in skupaj sta pila čaj
a dormouse was sitting between them
med njima je sedel polh
and the dormouse was fast asleep
in polh je trdno spal
The table was of extraordinary size
Miza je bila izjemne velikosti
but most of the table was unoccupied
Toda večina mize je bila nezasedena
they sat crowded together at one corner of the table
sedeli so skupaj v enem kotu mize
and yet they made excuses when they saw Alice
pa vendar so se opravičevali, ko so videli Alice
"No room! No room!" they cried out
"Ni prostora! Ni prostora!« so vzkliknili
"There's plenty of room!" said Alice indignantly
»Prostora je veliko!« je ogorčeno rekla Alice
at one end of the table there was a large arm-chair
na enem koncu mize je bil velik naslanjač
and Alice sat herself in the armchair
in Alice se je usedla v naslanjač
the hat maker opened his eyes very wide
Izdelovalec klobukov je zelo široko odprl oči
he couldn't believe what he was seeing
ni mogel verjeti, kaj je videl
but his mind was curious about other things

Toda njegov um je bil radoveden o drugih stvareh
"Why is a raven like a writing-desk?"
»Zakaj je krokar podoben pisalni mizi?«
Alice was open to the challenge
Alice je bila odprta za izziv
"I'm glad they've begun asking riddles"
"Vesel sem, da so začeli postavljati uganke"
"I believe I can guess that," she added aloud
"Verjamem, da lahko to uganem," je dodala na glas
The march hare grew curious about Alice
Maršični zajček je postal radoveden glede Alice
"Do you really think you can find the answer?"
"Ali res misliš, da lahko najdeš odgovor?"
"I think I can find the answer indeed," said Alice
"Mislim, da lahko resnično najdem odgovor," je rekla Alice
"Then you should say what you mean," the march hare went on
»Potem bi moral povedati, kaj misliš,« je nadaljeval zajček
"I do say what I mean," Alice hastily replied
»Govorim, kar mislim,« je naglo odgovorila Alice
"at the very least I mean what I say"
"Vsaj mislim, kar rečem"
"that's the same thing, you know"
"To je ista stvar, veste"
the dormouse also contributed to the conversation
K pogovoru je prispeval tudi polh
but the dormouse seemed to be talking in its sleep
toda zdelo se je, da polh govori v spanju
"I breathe when I sleep"
"Diham, ko spim"
"I sleep when I breathe!"
"Spim, ko diham!"
"you might as well say they are the same too"
"Lahko bi tudi rekli, da so enaki"
"It is the same thing with you," said the hat maker
»Enako je s tabo,« je rekel izdelovalec klobukov
and he poured a little tea on the dormouse's nose

in polil je malo čaja na nos puha
The Dormouse shook its head impatiently
Polh je nestrpno zmajal z glavo
and again the dormouse spoke, without opening its eyes
in polh je spet spregovoril, ne da bi odprl oči
"Of course, of course it is the same"
"Seveda, seveda je enako"
"that's just what I was going to say myself"
"To je samo tisto, kar sem hotel reči"

The hat maker turned to Alice and asked another question
Izdelovalec klobukov se je obrnil k Alice in zastavil še eno vprašanje
"Have you guessed the riddle yet?"
"Si že uganil uganko?"
"No, I give up," Alice conceded
»Ne, obupam,« je priznala Alice
"What's the answer?" she wanted to know
"Kakšen je odgovor?" je želela vedeti
"I haven't the slightest idea," said the hat maker

"Nimam niti najmanjšega pojma," je rekel izdelovalec
klobukov
"Nor do I know," said the march hare
»Niti ne vem,« je rekel maršični zajček
Alice gave a weary sigh
Alice je utrujeno vzdihnila
"there are better uses of time than riddles without answers"
"Obstajajo boljše uporabe časa kot uganke brez odgovorov"
**"have some more tea," the march hare said to Alice, very
earnestly**
»Popijte še malo čaja,« je maršični zajček zelo resno rekel Alici
Alice was quite offended by the offer
Alice je bila precej užaljena zaradi ponudbe
"I've had not had tea yet," Alice replied
»Čaja še nisem pila,« je odgovorila Alice
"therefore I can't have any more tea"
"zato ne morem več piti čaja"
"You mean you can't have less tea," said the hat maker
"Misliš, da ne moreš imeti manj čaja," je rekel izdelovalec
klobukov
"it's very easy to take more than nothing"
"Zelo enostavno je vzeti več kot nič"
At this, Alice got up and walked off
Nato je Alice vstala in odšla
The dormouse fell asleep instantly
Polh je takoj zaspal
and neither of the others took the least notice of her going
in nobeden od drugih ni niti najmanj opazil, da je odšla
though she looked back once or twice
čeprav se je enkrat ali dvakrat ozrla nazaj
they were trying to put the dormouse into the tea-pot
Poskušali so polha spraviti v čajnik
"At any rate, I'll never go there again!" said Alice
»V vsakem primeru nikoli več ne bom šla tja!« je rekla Alice
and she walked her way through the woods
in hodila je skozi gozd
"that was the stupidest tea-party I've ever been to"

"To je bila najbolj neumna čajanka, na kateri sem kdaj bil"
Just as she said this, she noticed something
Ko je to rekla, je nekaj opazila
one of the trees had a door leading right into it
Eno od dreves je imelo vrata, ki so vodila naravnost vanj
"That's very interesting!" she thought
"To je zelo zanimivo!" je pomislila
"I think I may as well go through the door"
"Mislim, da lahko tudi grem skozi vrata"
And through the door she went
In skozi vrata je šla
Once more she found herself in the long hall
Spet se je znašla v dolgi dvorani
again she was close to the little glass table
spet je bila blizu steklene mize
she took the little golden key
Vzela je mali zlati ključ
and she unlocked the door that led into the garden
in odklenila je vrata, ki so vodila na vrt
Then she set to work nibbling at the mushroom
Nato se je lotila grizljanja gobe
she had kept a piece of the mushroom in her pocket
v žepu je imela kos gobe
and finally she was about a metre tall
in končno je bila visoka približno meter
then she walked down the little corridor
Nato je hodila po majhnem hodniku
and then she finally found herself in the beautiful garden
in potem se je končno znašla na čudovitem vrtu
and she was among the bright flower and the cool fountains
in bila je med svetlimi cvetovi in hladnimi vodnjaki

The queen's croquet ground
Kraljičino igrišče za kroket

A large rose-tree stood near the entrance of the garden
Ob vhodu v vrt je stala velika vrtnica
the roses growing on the tree were white
vrtnice, ki so rasle na drevesu, so bile bele
but there were three gardeners painting the rose
vendar so vrtnico slikali trije vrtnarji
they were busily painting the roses red
Vrtnice so marili rdeče
and Alice was watching them paint the roses red
in Alice jih je opazovala, kako rdeče barvajo vrtnice
and suddenly their eyes chanced to fall upon Alice
in nenadoma so njihove oči padle na Alice
Alice spoke a little timidly
Alice je govorila nekoliko sramežljivo
"Would you tell me, please;"
"Bi mi lahko povedali, prosim?"
"why are you all painting those roses?"
"Zakaj vsi barvate te vrtnice?"
five and seven said nothing, but looked at two
pet in sedem nista rekla ničesar, ampak sta pogledala dva
two spoke, in a low voice
dva sta govorila tiho
"Why, the fact is, you see, madam"
»Dejstvo je, vidite, gospa«
"this here ought to have been a red rose-tree"
"To bi morala biti rdeča vrtnica"
"and we put a white rose-tree in by mistake"
»In pomotoma smo vanjo vstavili belo vrtnico«
"as you would agree, the queen must not find out"
"Kot se strinjate, kraljica ne sme izvedeti"
"else we would all have our heads cut off"
"drugače bi nam vsem odrezali glave"
"So you see, madam, we're doing our best"
"Torej, vidite, gospa, delamo vse, kar je v naši moči"
card five had been anxiously looking across the garden

Kartica pet je nestrpno gledala čez vrt
At this moment card five called out, "The queen! The queen!"
V tem trenutku je peta karta zaklicala: »Kraljica! Kraljica!«
and the three gardeners instantly scurried away
in trije vrtnarji so takoj odšli
and they threw themselves flat upon their faces
in vrgli so se ravno na obraz
There was a sound of many footsteps
Slišal se je zvok številnih korakov
Alice looked around, eager to see the queen
Alice se je ozrla naokoli, nestrpna, da bi videla kraljico
At the start of the procession were ten soldiers
Na začetku procesije je bilo deset vojakov
their hands and feet were in the corners
njihove roke in noge so bile v kotih
and in their hands and feet were clubs
v rokah in nogah pa so imeli palice
next came the ten courtiers
Sledilo je deset dvorjanov
the courtiers were ornamented all over with diamonds
dvorjani so bili povsod okrašeni z diamanti
After the courtiers came the royal children
Po dvorjanih so prišli kraljevi otroci
there were ten of the royal children
Kraljevih otrok je bilo deset
and all the royal children were ornamented with hearts
in vsi kraljevi otroci so bili okrašeni s srci
Next came the guests; mostly kings and queens
Sledili so gostje; večinoma kralji in kraljice
and among the kings and queen Alice saw someone
in med kralji in kraljico je Alice videla nekoga
she saw again the white rabbit she had chased
Spet je zagledala belega zajca, ki ga je lovila
The procession was followed the knave of hearts
Procesiji je sledil src
he was carrying the king's crown

nosil je kraljevo krono
and the king's crown was on a crimson velvet cushion
kraljeva krona pa je bila na škrlatni žametni blazini
and then came the end of this grand procession
In potem je prišel konec te velike procesije
and there at the end were the king and queen of hearts
In tam na koncu sta bila kralj in kraljica src.
the procession came opposite to Alice
procesija je prišla nasproti Alice
and they all stopped and looked at her
in vsi so se ustavili in jo pogledali
and the queen said severely, "Who is this?"
in kraljica je strogo rekla: "Kdo je to?"
She said it to the Knave of Hearts
To je rekla Srčnemu Knave
but he just bowed and smiled in reply
vendar se je samo priklonil in se nasmehnil v odgovor
Alice spoke very politely
Alice je govorila zelo vljudno
"My name is Alice, so please your majesty"
"Moje ime je Alice, zato prosim, vaše veličanstvo"
but she had other thoughts to herself
vendar je imela druge misli zase
"they're only a pack of cards, after all!"
"Navsezadnje so samo paket kart!"
"Can you play croquet?" shouted the queen
"Znaš igrati kroket?" je zavpila kraljica
The question was evidently meant for Alice
Vprašanje je bilo očitno namenjeno Alice
"Yes!" said Alice loudly
»Da!« je glasno rekla Alice
"Come play then!" roared the queen
"Pridite se torej igrati!" je zagrmela kraljica
a timid voice spoke to Alice
plašen glas je spregovoril z Alice
"it's a very fine day!"
"Zelo lep dan je!"

She was walking by the white rabbit
Hodila je mimo belega zajca
and the White Rabbit was peeping anxiously into her face
in Beli zajček ji je zaskrbljeno pokukal v obraz
"a very fine day indeed," confirmed Alice
»res zelo lep dan,« je potrdila Alice
"Where's the duchess?"
"Kje je vojvodinja?"
"Hush! Hush!" said the Rabbit
"Tišina! Tišina!« je rekel Zajček
"She's under sentence of execution"
"Obsojena je na usmrtitev"
"What is she being executed for?" asked Alice
"Zakaj jo usmrtijo?" je vprašala Alice
"She scuffed the queen's ears," the rabbit began
»Kraljičini je odrgnila ušesa,« je začel zajček
the queen shouted in a voice of thunder
Kraljica je zakričala z gromovitim glasom
"Get to your places!"
"Pojdite na svoja mesta!"
and people began running about in all directions
in ljudje so začeli teči naokoli v vse smeri
and they all tumbled up against each other
in vsi so se zrušili drug proti drugemu
However, they got settled down in a minute or two
Vendar so se umirili v minuti ali dveh
and then the game began
In potem se je začela igra
Alice had never seen such a curious croquet ground
Alice še nikoli ni videla tako nenavadnega igrišča za kroket
the grass was all ridges and furrows
trava je bila vsa grebena in brazde
The croquet balls were real hedgehogs
Žoge za kroket so bili pravi ježi
and the mallets were real flamingos
in kladiva so bili pravi flamingi
and the soldiers stood on their hands and feet

vojaki so stali na rokah in nogah
because the arches was made from their bodies
ker so bili loki narejeni iz njihovih teles
The players all played at once
Vsi igralci so igrali naenkrat
nobody waited for their turns
nihče ni čakal, da pridejo na vrsto
and everyone quarrelled with everyone
in vsi so se prepirali z vsemi
and all were fighting for the hedgehogs
in vsi so se borili za ježe
soon the queen was in a furious passion
Kmalu je bila kraljica v besni strasti
and she started stamping about and shouting
in začela je stopati naokoli in kričati
"Chop off his head!"
"Odreži mu glavo!"
"Chop off her head!"
"Odreži ji glavo!"
"Chop all their heads off!"
"Odrežite jim vse glave!"
Again Alice thought to herself
Alice je spet pomislila
"They're dreadfully fond of beheading people here"
"Tukaj strašno radi obglavljajo ljudi"
"the great wonder is that there's anyone left alive!"
"Veliko čudež je, da je kdo ostal živ!"
She was looking about for some way of escape
Iskala je kakšen pobeg
she noticed a curious appearance in the air
opazila je nenavaden videz v zraku
"It's the Cheshire-cat," she said to herself
»To je Cheshire-mačka,« si je rekla
"now I shall have somebody to talk to"
"Zdaj bom imel nekoga, s katerim se bom lahko pogovarjal"
"How are you getting on?" said the cat
»Kako ti gre?« je vprašala mačka

"I don't think they play at all fairly," Alice said
"Mislim, da sploh ne igrajo pošteno," je dejala Alice
and she had a rather complaining tone
in imela je precej pritožujoč ton
"they all quarrel so dreadfully"
"Vsi se tako strašno prepirajo"
"one can't hear oneself speak"
"Človek se ne sliši govoriti"
"and they don't seem to play by any rules"
"In zdi se, da ne igrajo po nobenih pravilih"
the cat asked Alice a question in a low voice
mačka je Alice postavila vprašanje s tihim glasom
"How do you like the queen?"
"Kako ti je všeč kraljica?"
"I don't like her at all," said Alice
»Sploh mi ni všeč,« je rekla Alice

Alice thought she might as well go back
Alice je mislila, da bi se lahko vrnila
she wanted to see how the game was going
želela je videti, kako poteka igra
she went off in search of her hedgehog
odšla je iskat svojega ježa
The hedgehog was busy fighting another hedgehog
Jež je bil zaposlen z bojem z drugim ježem
this was an excellent opportunity
To je bila odlična priložnost
she could croquet one hedgehog with the other
z drugim je lahko kroketirala enega ježa
but her flamingo was on the other side of the garden
toda njen flamingo je bil na drugi strani vrta
the flamingo was rather clumsy
Flamingo je bil precej neroden
her flamingo was trying to fly up into a tree
njen flamingo je poskušal leteti v drevo
She caught the flamingo by the leg
Flaminga je ujela za nogo
and she tucked the flamingo away under her arm
in flaminga je skrčila pod roko
that way the flamingo couldn't escape again
Tako flamingo ni mogel več pobegniti
Just then Alice happened to meet the duchess
Ravno takrat je Alice slučajno srečala vojvodinjo
The duchess was now out of prison
Vojvodinja je bila zdaj iz zapora
She tucked her arm affectionately under Alice's arm
Ljubeče je potisnila roko pod Alicino roko
and then they walked off together
in potem sta skupaj odšla
Alice was very glad to find her in such a pleasant temper
Alice je bila zelo vesela, da jo je našla v tako prijetni naravi
She was a little startled, however
Vendar je bila nekoliko presenečena
she heard the voice of the duchess close to her ear

Slišala je glas vojvodinje blizu ušesa
"You're thinking about something, my dear"
"Razmišljaš o nečem, draga moja"
"and that makes you forget to talk"
"In zaradi tega pozabite govoriti"
"The game's going on rather better now," Alice said
"Igra se zdaj odvija precej bolje," je dejala Alice
it was one way of keeping the conversation going
to je bil eden od načinov za nadaljevanje pogovora
"it is so indeed," said the duchess
»Res je,« je rekla vojvodinja
"and the moral of that is this:"
"In nauk tega je naslednji:"
"It is love that does it all!"
"Ljubezen je tista, ki naredi vse!"
"Love is what makes the world go around"
"Ljubezen je tisto, kar poganja svet"
Alice had another explanation
Alice je imela drugo razlago
"it's done by everybody minding his own business!"
"To počne vsakdo, ki gleda svoje posle!"
"Ah, well! You could be right"
»Ah, no! Lahko imaš prav"
"It all means much the same thing," said the Duchess
»Vse to pomeni skoraj isto,« je rekla vojvodinja
and she dug her sharp little chin into Alice's shoulder
in zakopala je svojo ostro brado v Alicino ramo
"and the moral of that is this"
"In nauk tega je to"
"Take care of the sense"
"Poskrbite za smisel"
"and then the sounds will take care of themselves"
"In potem bodo zvoki poskrbeli sami zase"
but then the duchess's arm began to tremble
potem pa se je vojvodinjina roka začela tresti
Alice looked up and there stood the queen
Alice je pogledala navzgor in tam je stala kraljica

the queen had her arms folded
Kraljica je imela prekrižane roke
and she was frowning like a thunderstorm!
In namrščila se je kot nevihta!
"I give you fair warning," shouted the queen
"Pošteno vas opozarjam," je zavpila kraljica
and she stomped on the ground as she spoke
in ko je govorila, je stopila po tleh
"either your head or her head must be off"
"Ali mora biti tvoja glava ali njena glava odstranjena"
"Take your choice!"
"Izberite!"
"and be quick about it"
"In bodite hitri pri tem"
The duchess made her choice
Vojvodinja se je odločila
and within a moment the duchess was gone
in v trenutku vojvodinje ni več
Then the queen spoke to Alice
Nato je kraljica spregovorila z Alico
"Let's go on with the game"
"Nadaljujmo z igro"
Alice was too frightened to say a word
Alice je bila preveč prestrašena, da bi rekla besedo
and she slowly followed her back to the croquet-ground
in počasi ji je sledila nazaj do igrišča za kroket
the whole time the queen quarrelled with the other players
Ves čas se je kraljica prepirala z drugimi igralci
"Chop off his head!"
"Odreži mu glavo!"
"Chop off her head!"
"Odreži ji glavo!"
"Chop all their heads off!"
"Odrežite jim vse glave!"
soon all the players were in custody
Kmalu so bili vsi igralci v priporu
only the king, the queen, and Alice remained

ostali so samo kralj, kraljica in Alice
Then the queen left, quite out of breath
Nato je kraljica odšla, povsem zadihana
and she walked away with Alice
in odšla je z Alice
Alice heard the king quietly say something
Alice je slišala, kako je kralj tiho rekel nekaj
"You are all pardoned"
"Vsi ste oproščeni"
but suddenly there was another cry heard
toda nenadoma se je zaslišal še en krik
"The trial is beginning!"
"Sojenje se začenja!"
and Alice ran along with the others
in Alice je tekla skupaj z ostalimi

who stole the tarts?

Kdo je ukradel torte?

The king and queen of hearts were seated
Kralj in kraljica src sta sedela
they were on their throne when Alice arrived
bili so na prestolu, ko je prišla Alice
there was a great crowd assembled around them
okoli njih se je zbrala velika množica
there were all sorts of little birds and beasts
Tam so bile vse vrste majhnih ptic in zveri
and there was the whole pack of cards
In tam je bil celoten paket kart
the knave was standing in front of them, in chains
Ždreb je stal pred njimi, v verigah
and there was a soldier on each side to guard him
in na vsaki strani je bil vojak, ki ga je varoval
near the King was the white rabbit
blizu kralja je bil beli zajec
he had a trumpet in one hand
v eni roki je imel trobento
and he had a scroll of parchment in the other hand
v drugi roki pa je imel zvitek pergamenta
In the very middle of the court was a table
Na sredini dvorišča je bila miza
on the table was a large dish of tarts
Na mizi je bila velika posoda s tortami
"I wish they'd get the trial done," Alice thought
"Želim si, da bi opravili sojenje," je pomislila Alice
"then we could eat some of those refreshments!"
"Potem bi lahko pojedli nekaj teh osvežilnih pijač!"

The judge, by the way, was the king
Mimogrede, sodnik je bil kralj
and he wore his crown over his great wig
in nosil je svojo krono čez svojo veliko lasuljo
"That's the jury-box," thought Alice
»To je porotniška loža,« je pomislila Alice
"and those twelve creatures, I suppose they are the jurors"
"In tistih dvanajst bitij, mislim, da so porotniki"
some were animals, and some were birds
nekatere so bile živali, nekatere pa ptice
Just then the white rabbit cried out
Ravno takrat je zakričal beli zajec
"Silence in the court!"
"Tišina na sodišču!"
"Herald, read the accusation!" said the king
»Herald, preberi obtožbo!« je rekel kralj
the white rabbit blew three blasts on the trumpet
Beli zajec je trikrat zapihnil na trobento
then he unrolled the parchment-scroll

Nato je odvil pergamentni zvitek
and he read as follows:
in prebral je naslednje:
"The queen of hearts, she made some tarts,"
"Kraljica src, naredila je nekaj torte,"
"All this she did on a summer day"
"Vse to je naredila na poletni dan"
"The knave of hearts, he stole those tarts"
"Src je ukradel tiste torte"
"And he took those tarts far away!"
"In tiste torte je vzel daleč!"
"Call the first witness," said the king
»Pokličite prvo pričo,« je rekel kralj
and the white rabbit blew three blasts on the trumpet
in beli zajček je trikrat zapihnil na trobento
"bring the first witness!" he called out
»Pripeljite prvo pričo!« je zaklical
The first witness was the hat maker
Prva priča je bil izdelovalec klobukov
he came in with a teacup in one hand
prišel je s skodelico čaja v eni roki
and he had a piece of bread and butter in the other hand
v drugi roki pa je imel kos kruha in masla
"You ought to have finished," said the King
»Moral bi končati,« je rekel kralj
"When did you begin?"
"Kdaj ste začeli?"
The hat maker looked at the march hare
Izdelovalec klobukov je pogledal maršičnega zajca
the march hare had followed him into the court
Marčevski zajček mu je sledil na dvorišče
he had walked arm in arm with the dormouse
hodil je z roko v roki s polhom
"Fourteenth of March, I think it was," he said
"Mislim, da je bilo štirinajstega marca," je dejal
"Give your evidence," said the king
»Podajte svoje dokaze,« je rekel kralj

"and don't be nervous, or I'll have you executed on the spot"
"in ne bodi nervozen, ali te bom usmrtil na kraju samem"
This did not seem to encourage the witness at all
Zdi se, da to priče sploh ni spodbudilo
he kept shifting from one foot to the other
Nenehno se je premikal z ene noge na drugo
and he looked uneasily at the queen
in nelagodno je pogledal kraljico
and, in his confusion, he bit a large piece out of his teacup
in v svoji zmedenosti je ugriznil velik kos iz skodelice čaja
really he meant to bite from his bread and butter
v resnici je nameraval ugrizniti svoj kruh in maslo
Just at this moment Alice felt a very curious sensation
Ravno v tem trenutku je Alice začutila zelo nenavaden
občutek
she was beginning to grow larger again
spet je začela rasti
The miserable hat maker dropped his teacup
Nesrečni izdelovalec klobukov je spustil skodelico čaja
and the bread and butter fell to the ground
in kruh in maslo sta padla na tla
and he went down on one knee
in pokleknil je na eno koleno
"I'm a poor man, your majesty," he began
»Ubog sem človek, vaše veličanstvo,« je začel
"You're a very poor speaker," said the king
"Zelo slab govornik si," je rekel kralj
"You may go," said the king
»Lahko greš,« je rekel kralj
and the hat maker hurriedly left the court
in izdelovalec klobukov je naglo zapustil dvorišče
"Call the next witness!" said the king
»Pokličite naslednjo pričo!« je rekel kralj
The next witness was the duchess's cook
Naslednja priča je bila vojvodinjina kuharica
She carried the pepper-box in her hand
V roki je nosila škatlo s poprom

and the people near the door began sneezing all at once
in ljudje blizu vrat so začeli kihati naenkrat
"Give your evidence," said the king
»Podajte svoje dokaze,« je rekel kralj
"I shall give no evidence," said the cook
»Ne bom pričal,« je rekel kuhar
The king looked anxiously at the white rabbit
Kralj je zaskrbljeno pogledal belega zajca
and the white rabbit spoke in a quiet voice
in beli zajček je govoril s tihim glasom
"your majesty must cross-examine this witness"
"Vaše veličanstvo mora navzkrižno zaslišati to pričo"
"Well, if I must, I must," the king said
"No, če moram, moram," je rekel kralj
"What are tarts made of?"
"Iz česa so narejene torte?"
"tarts are made of pepper, mostly," said the cook
"Torte so večinoma narejene iz popra," je dejal kuhar
For some minutes the whole court was in confusion
Nekaj minut je bilo celotno sodišče zmedeno
eventually they all settled down again
sčasoma so se vsi spet umirili
but by then the cook had disappeared
toda do takrat je kuhar izginil
"Never mind!" said the king
»Ni pomembno!« je rekel kralj
"call to the stand the next witness"
»Pokličite naslednjo pričo«
Alice watched the white rabbit as he fumbled over the list
Alice je opazovala belega zajca, ko je brskal po seznamu
you can imagine her surprise at what she heard next
Lahko si predstavljate njeno presenečenje nad tem, kar je
slišala naslednje
at the top of his shrill little voice, he called the name "Alice!"
na vrh svojega prodornega glasu je klical ime "Alice!"

Alice's evidence
Alicini dokazi

"Here!" cried Alice
»Tukaj!« je vzkliknila Alice
She jumped up in a great hurry
Skočila je v veliki naglici
and she tipped over the jury-box
in prevrnila je porotniško ložo
and she knocked over all the jurymen
in prevrnila je vse porotnike
and they fell on to the heads of the crowd below
in padli so na glave množice spodaj
Alice was in great dismay
Alice je bila zelo osupla
"Oh, I beg your pardon!" she exclaimed
»Oh, oprostite!« je vzkliknila
"The trial cannot proceed," said the king
»Sojenje se ne more nadaljevati,« je rekel kralj
"the jurymen must get back in their proper places"
"Porotniki se morajo vrniti na svoja mesta"
he repeated the order with great emphasis
Ukaz je ponovil z velikim poudarkom
and he looked at Alice sternly
in strogo je pogledal Alice
"What do you know about these events?" the king asked Alice
»Kaj veš o teh dogodkih?« je kralj vprašal Alico
"I know nothing on the subject," said Alice
»O tej temi ne vem ničesar,« je rekla Alice
The king then read from his book
Kralj je nato prebral iz svoje knjige
"Rule forty two"
"Pravilo štirideset dva"
"All persons more than a mile high are to leave the court"
"Vse osebe, ki so višje od milje, morajo zapustiti sodišče"
"I'm not a mile high," said Alice
"Nisem visoka niti kilometer," je rekla Alice

"Nearly two miles high," said the Queen
»Skoraj dve milji visoko,« je rekla kraljica

"Well, I refuse to go," said Alice
»No, nočem iti,« je rekla Alice
The king turned pale
Kralj je zbledel
and he shut his note-book hastily
in na hitro je zaprl beležnico
"Consider your verdict," he said to the jury
"Razmislite o svoji razsodbi," je rekel poroti
he spoke in a low, trembling voice
Govoril je s tihim, drhtečim glasom
then the white rabbit spoke
Potem je spregovoril beli zajček
"There's more evidence to come yet"
"Še vedno prihaja več dokazov"
and he jumped up in a great hurry
in v veliki naglici je skočil
"This paper has just been picked up"

"Ta papir je bil pravkar sprejet"
"It seems to be a letter written by the prisoner"
"Zdi se, da je to pismo, ki ga je napisal zapornik"
He unfolded the paper as he spoke
Medtem ko je govoril, je razgrnil papir
"It isn't a letter, after all"
"Navsezadnje to ni pismo"
"what it was was a set of verses"
»Kar je bilo, je bil niz verzov«
"Please, your majesty," said the knave
»Prosim, vaše veličanstvo,« je rekel knev
"I didn't write those verses"
"Nisem napisal teh verzov"
"and they can't prove that I wrote anything"
"in ne morejo dokazati, da sem kaj napisal"
"there's no name signed at the end"
"Na koncu ni podpisanega imena"
the king spoke to the knave
Kralj je govoril s kneževom
"You must have meant to cause some mischief"
"Verjetno ste želeli narediti kakšno hudodelstvo"
"else you'd have signed your name like an honest man"
"drugače bi se podpisal kot pošten človek"
There was a general clapping of hands
Slišalo se je splošno ploskanje z rokami
and the king turned to the white rabbit
in kralj se je obrnil k belemu zajcu
"Read the verses," he ordered
»Preberite verze,« je ukazal
There was dead silence in the court
Na dvorišču je bila mrtva tišina
and the white rabbit read out the verses
in beli zajec je prebral verzi
They told me you had been to her
Povedali so mi, da si bil pri njej
And they mentioned me to him
In omenili so me mu

She gave me a good character
Dala mi je dober značaj
But she said I could not swim
Toda rekla je, da ne znam plavati
He sent them word I had not gone
Poslal jim je sporočilo, da nisem šel
We know it to be true
Vemo, da je res
If she should push the matter on, what would become of you?
Če bi vztrajala naprej, kaj bi se zgodilo z vami?
I gave her one, they gave him two
Jaz sem ji dal eno, oni so mu dali dva
You gave us three or more
Dali ste nam tri ali več
They all returned from him to you
Vsi so se vrnili od njega k tebi
although they were mine before
čeprav so bili prej moji
If I or she should chance to be
Če bi jaz ali ona imela priložnost, da bi bila
If I or she were involved in this affair
Če bi bil jaz ali ona vpleten v to afero
He trusts to you to set them free
Zaupa vam, da jih boste osvobodili
Exactly as we were
Natanko takšni, kot smo bili
My notion was that you had been
Moja predstava je bila, da ste bili
Before she had this fit
Preden je imela ta napad
An obstacle that came between
Ovira, ki je prišla med
Him, and ourselves, and it
On in mi in to
Don't let him know she liked them best
Ne dajte mu vedeti, da so ji najbolj všeč

For this must for ever be a secret, kept from all the rest
Kajti to mora biti za vedno skrivnost, skrita pred vsemi
ostalimi
This secret must remain a secret between yourself and me
Ta skrivnost mora ostati skrivnost med vami in mano
the king was very impressed
Kralj je bil zelo navdušen
**"That's the most important piece of evidence we've heard
yet"**
"To je najpomembnejši dokaz, ki smo ga slišali doslej"
**"I don't believe those verses carry an atom of meaning,"
objected Alice**
"Ne verjamem, da ti verzi nosijo atom pomena," je ugovarjala
Alice
the King had his own opinion on the matter
kralj je imel svoje mnenje o zadevi
**"If there's no meaning in those words, that saves a world of
trouble"**
"Če v teh besedah ni pomena, to reši svet težav"
"then we needn't try to find the meaning"
"Potem nam ni treba poskušati najti pomena"
"Let the jury consider their verdict"
"Naj porota razmisli o svoji razsodbi"
"No, no!" said the queen
»Ne, ne!« je rekla kraljica
"Sentencing first—verdict afterwards"
"Najprej obsodba, nato sodba"
"Stuff and nonsense!" said Alice loudly
"Stvari in neumnosti!" je glasno rekla Alice
"how silly it is to sentence the defendant first!"
"Kako neumno je najprej obsoditi obtoženca!"

"Hold your tongue!" said the queen, turning purple
»Drži jezik za zubi!« je rekla kraljica in postala vijolična
"I will not hold my tongue!" said Alice
»Ne bom zadrževala jezika!« je rekla Alice
the queen shouted at the top of her voice
Kraljica je zakričala na ves glas
"chop off her head!"
"Odreži ji glavo!"
Nobody made a movement
Nihče ni naredil gibanja
"Who cares what you say?" said Alice
»Koga briga, kaj praviš?« je vprašala Alice
she had grown to her full size by this time
do takrat je zrasla do svoje polne velikosti
"You're nothing but a pack of cards!"
"Nisi nič drugega kot paket kart!"
At this, all the cards rose up in the air
Ob tem so se vse karte dvignile v zrak
and all the cards came flying down upon her

in vse karte so letele nanjo
she gave a little scream
Malo je zakričala
she was half afraid, but also angry
bila je napol prestrašena, a tudi jezna
and she tried to fight the cards off of herself
in poskušala se je boriti proti kartam
and then she found herself lying on the grass bank
in potem se je znašla ležati na travnatem bregu
her head was in the lap of her sister
njena glava je bila v naročju njene sestre
some dead leaves had landed on her face
nekaj mrtvih listov je pristalo na njenem obrazu
and her sister was gently brushing the leaves away
in njena sestra je nežno odstranila listje
"Wake up, Alice dear!" said her sister
»Zbudi se, draga Alice!« je rekla sestra
"what a long sleep you've had!"
"Kako dolgo si spal!"
"Oh, I've had such a curious dream!" said Alice
»Oh, imela sem tako nenavadne sanje!« je rekla Alice
And she told her sister all she could remember
In sestri je povedala vse, česar se je spomnila
all the strange adventures that you have just been reading about
Vse čudne dogodivščine, o katerih ste pravkar brali
Alice got up and ran off
Alice je vstala in pobegnila
and she thought, while she ran, about her dream
in medtem ko je tekla, je razmišljala o svojih sanjah
"what a wonderful dream it had been!"
»Kako čudovite sanje so bile!«